THE QUEEN OF CRIME
繁體中文版
20週年
紀念珍藏

情牽波倫沙

著——阿嘉莎・克莉絲蒂
譯——劉啟升

Problem at Pollensa Bay

Agatha Christie®

策畫者的話

通俗是一種功力

吳念真（導演、作家）

通俗是一種功力。絕對自覺的通俗更是一種絕對的功力。

這樣的話從我這種俗氣的人的嘴巴說出來，大概很多人要笑破褲底了。不過，笑完之後請容我稍稍申訴。這申訴說得或許會比較長一點，以及，通俗一點。

小時候身材很爛，各種遊戲競爭完全任人宰割，唯一隱遁逃避的方法是躲起來看書或聽大人瞎掰。那年頭窮鄉僻壤的小孩能看的書不多，小學二年級時最喜歡的是超大本的《文壇》，老師借的。看著看著，某天老師發現我的造句竟出現：「捧著：朝陽捧著一臉笑顏為群山剪綵」這樣亂七八糟的文字，就拒絕再讓我看那些超齡的東西了。

老師的書不給看，我開始抓大人的書看。一種是厚得跟磚塊一樣的日文書，對我來說那完全是天書，但插圖好看，經常有限制級的素描。另一種書是比較薄的，通常藏得很嚴密，只是裡面有太多專有名詞、重複的單字和毫無限制的標點，比如「啊啊啊」、「……！！！」

老讓我百思不解。有一天，充滿求知欲地詢問大人竟然換來一巴掌後，那種閱讀的機會和樂趣也隨著消失了。

所幸這些閱讀的失落感，很快從大人的龍門陣中重新得到養分。講到這裡，我似乎先得跟一個村中長輩游條春先生致敬，並願他在天之靈安息。

我所成長的礦區，幾乎全是為著黃金而從四面八方擁至的冒險型人物，每人幾乎都有一段異於常人的傳奇故事。這些故事當事人說來未必精采，但一透過游條春先生的嘴巴重現，有時連當事人都聽得忘我，甚至涕泗縱橫，彷彿聽的是別人的故事。

條春伯沒當過日本兵，可是他可以綜合一堆台籍日本兵的遭遇，一如連續劇般從入伍、受訓、逃亡荒島，面對同鄉同袍的死亡，並取下他們的骨骸寄望帶回故鄉，乃至骨骸過多搞不清哪是誰的等等，讓聽的人完全隨他的敘述或悲或笑，彷彿跟他一起打了一場太平洋戰爭。此外他也可以把新聞事件說得讓一個三、四年級的小孩，到現在仍記得當時腦中被觸動的畫面。例如當年瑠公圳分屍案的凶手做案之後帶著小孩到安東街吃麵（這讓我一直以為台北的安東街是條專門賣麵的街道），還有甘迺迪總統被暗殺、賈桂琳抱住她先生、安全人員跳上飛快的車子保護賈桂琳……當然，這記憶全來自條春伯的嘴巴而不是報紙。我的記憶全是畫面，有畫面，是因為條春伯說得精采，說得有如親臨他至死都還搞不清地理位置的達拉斯命案現場。

於是這小孩長大後無條件地相信：通俗是一種功力，絕對自覺的通俗更是一種絕對的功力。透過那樣自覺的通俗傳播，即使連大字都不識一個的人，都能得到和高階閱讀者一樣的感動、快樂、共鳴，和所謂的知識、文化自然順暢的接軌。也許就是因為這些活生生的例子，俗氣的自己始終相信：講理念容易講故事難，講人人皆懂、皆能入迷的故事更難，而能隨時把這樣的故事講個不停的人，絕對值得立碑立傳。

條春伯嚴格地說是有自覺的轉述者，至於創作者，我的心目中有兩個。一個是日本導演山田洋次，一個是推理小說家阿嘉莎．克莉絲蒂。

山田洋次創造了寅次郎這個集合所有男人優點跟缺點的角色，在以《男人真命苦》為名的系列下，總共完成百部左右的電影。它們的敘述風格、開頭、結尾的方法不變，唯一改變的是故事，是時代，是遍歷日本小鄉小鎮的場景。數十年來，看《男人真命苦》幾已成為日本人每年的一種儀式，一如新春的神社參拜。

數十年前訪問過山田導演，他說，當他發現電影已然有它被期待的性格時，電影已經不是導演自己的。他說：當所有人都感動於美人魚的歌聲時，你願意為了讓她擁有跟你一樣的腳，而讓她失去人間少有的嗓音嗎？

人間少有的嗓音與動人的歌聲，都來自山田導演絕對自覺的通俗創造。

再如阿嘉莎．克莉絲蒂，如果我們光拿出她說過的故事和聽過她故事的人口數字，就足以嚇死你。五十多年的寫作生涯，她總共寫出六十六本長篇推理小說，外加一百多篇短篇小說和劇本。其中有二十六本推理小說被改編，拍了四十多部電影和電視劇集。作品被翻譯成一百零三種文字的版本，銷量超過二十億本。

夠了。你還想知道什麼？知道二十億本的意義是什麼嗎？二十億本的意義是全世界平均三個人就有一個人讀過她的書，聽過她說的故事。

說來巧合，她和山田洋次一樣，創造出個性鮮明的固定主角（當然，前前後後她弄出來好幾個），然後由他（或是她）帶引我們走進一個犯罪現場，追尋真正的罪犯。

故事就這樣？沒錯，應該說這是通常的架構。那你要我看什麼？不急，真的不急，克莉絲蒂會慢慢冒出一堆足夠讓你疑惑、驚嚇、意外，甚至滿足你的想像力、考驗你的耐心和智商的事件來。

推理小說不都是這樣嗎？你說得沒錯，大部分是這樣，不一樣的是……對了，她像條春伯，像山田洋次，她真會說，而且她用文字說。

文字的敘述可以讓全世界幾代的人「聽」得過癮、「聽」個不停，除了聖經，也許就是克莉絲蒂。她不是神，但她真的夠神。

數十年前，台灣剛剛出現她的推理系列中譯本，那時是我結婚前，常有同齡的文藝青年來我租住的地方借宿，瞄到我在看克莉絲蒂，表情詭異地說：「啊？你在看三毛促銷的這個喔？」

我只記得他抓了一本進廁所，清晨四點多，他敲開我的房門說：「幹，我實在很討厭那個白羅……再拿一本來看看，我跟你說真的，要不是你的書，我真的很想把那個矮儸壓到馬桶吃屎！」

我知道他毀了，愛吃又假客氣，撐著尊嚴騙自己。克莉絲蒂再度優雅地撕破一個高貴的知識份子的假面具，她的手法簡單，那手法叫通俗，絕對自覺的通俗，無與倫比、無法招架的功力。

昔日的文藝青年如今跟我一樣，已然老去，但不時還會看到他寫一些充滿理念和使命感極重的文章，在報紙和雜誌上出現。我知道他要說什麼，只是常常疑惑他想跟誰說；同樣，我記得他說過什麼，但轉眼間忘記他說了什麼。但請原諒我，幾十年前那個晚上，他在我家看完的那兩本克莉絲蒂的小說內容，我可還記得清清楚楚。

也許有一天再遇到他的時候，我會問他之後是否還看過克莉絲蒂其他的書，如果沒有，我會跟他說，想讀要趁早，因為你會老、會來不及。至於白羅那個矮儸，大概永遠不會消失。哦，對了，還有一個叫瑪波，你說不定會來不及認識……

從他種視角到跨界嘗試的閱讀體驗

路那（推理評論家）

說到阿嘉莎・克莉絲蒂，即使是不太常閱讀推理小說的讀者，也很難不聯想到有個完美鬍子的偵探白羅、老小姐瑪波，又或者是她享譽國際的《東方快車謀殺案》、《一個都不留》等名著吧。

克莉絲蒂的廣受歡迎，還在於台灣近乎出版了她的全集。儘管台灣的出版能量相當驚人，但放眼國內外作家，有此殊榮者也在少數。這些作品中，除了廣受歡迎的系列作外，另有數量相對較少的獨立作品。這些作品或受累於知名度不高，或受累於缺乏讀者熟悉的偵探角色，而較少進入讀者的視野之中，然而，這不表示它們本身不值得一讀。

在這裡，我要先岔出去談一下柯南・道爾（Conan Doyle）與莫里斯・盧布朗（Maurice Leblanc）。這兩位除了同樣大受歡迎之外，他們其實也同受被角色綁架之苦——柯南・道爾一心想當個嚴肅作者，為此不惜「殺害」福爾摩斯，卻又在大眾壓力之下不得不讓他神奇地死而復生的事件，相信大家都耳熟能詳。然而，或許不是很多人知道，創造了亞森・羅蘋此一大受歡迎怪盜角色的盧布朗，最終也因羅蘋大受歡迎，且擅長易容的形象深植人心，導致他不得不將新偵探角色吉姆・巴內特（Jim Barnett）降級為羅蘋的分身。與道爾交好的克莉絲蒂，自然理解箇中艱辛，或許也因此早早意識到她不能再重蹈覆轍，是以她不僅致力於故事的創造，同樣致力於角色性格的劃分。但此事並非一蹴可幾。舉例而言，短篇小說〈情牽波倫沙〉的偵探，發表時由帕克・潘擔任偵探角色，稍後又更替為白羅一事，即讓人意識到帕克・潘與白羅之間的共性：相同的公務員退休身分、同樣與偵探小說家奧利薇夫人為好友，帕克・潘的祕書萊蒙小姐日後成為白羅的祕書等，種種線索都暗示著帕克・潘與白羅可能享有的共同根源。然而，是什麼讓帕克・潘沒有被白羅「吸收」，一如巴內特與羅蘋？閱讀《帕克潘調查簿》與收錄於《情牽波倫沙》的兩個短篇時，不妨仔細考察白羅與帕克・潘的不同之處。

除了角色外，故事情節的他種視角乃至於跨界嘗試，也是非系列作品的一大看點。《李斯特岱奇案》、《死亡之犬》、《殘光夜影》等短篇小說集中收錄的作品，有之後遭改頭換面的靈感之作，也有溢出推理小說規制，蔓延至靈異、恐怖、言情等領域之作。它們的開頭，與我們習慣的克莉絲蒂推理小說似無甚差異，然則在一個十字岔路的輕巧滑脫，卻足以造就全然不同的類型閱讀體驗。

同樣的體驗，在非系列長篇小說中亦可一見。不用系列角色，意味著不須遵守類型既定的規範，或受限於角色既有的設定，遂得以更加無拘無束的形式自在揮灑。眾所周知，克莉絲蒂絕非信奉范・達因（S. S. Van Dine）「故事中不能摻有戀愛成分」戒律的一人，相反地，她頗擅長於小說中加入情感元素。她筆下的系列偵探，無論白羅或瑪波，自身均不涉浪漫情感，而多以神仙教父／教母的姿態從旁協助，從而使小說中的推理情節與羅曼史主次分明，僅為點綴。但她筆下這些聰慧的男女，是否始終只能作為系列偵探的配角存在？對此，克莉絲蒂的回答是，許多時候，擺脫了神仙教父／教母的他們，會顯現出更令人矚目的風采。

另一方面，推理小說的大體布局，從謎團初現、偵查過程到真相大白，與羅曼史主角們從陌生到相知到決定是否相守，也自有其契合之處。是以，在克莉絲蒂的非系列作品中，有不少長篇故事均以處於曖昧狀態的男女作為偵查或敘事主體，如《西塔佛祕案》、《為什麼不找伊文斯？》、《死亡終有時》與《白馬酒館》等。其中的情感除了經典的兩情相悅外，亦存在著無私的奉獻，與狡獪的以情感作為武器等多種樣態。

克莉絲蒂同樣擅長以三角關係作為障眼法，從角色間的誤會到敘事手法的誤導等，在在能使讀者以為掌握了十之八九的關係圖，瞬間翻出別樣花色。《無盡的夜》保留了克莉絲蒂時常描繪的羅曼關係，卻撤去了推理小說的型態，改以令人聯想到達芬・杜莫里哀（Daphne du Maurier）的奇情（sensation）風格，確實令人耳目一新，難怪克莉絲蒂會將之選為十大最愛之七。而其自選最愛第八的《畸屋》，則巧妙地擺脫了傳統推理小說家族敘事中以惡意為基底的設定，別出心裁地講述了謀殺如何發生在一個充滿善意的家族之中。《畸屋》之「畸」，既源於同樣具備扼殺力量的善意，也源於天生之惡——克莉絲蒂對善與惡之觀點，由是鋪陳出了一個頗為耐人尋味的視角。

一般而言，以克莉絲蒂為首的黃金時期推理小說家的作品，不太會令人聯想到國際政治、社會情勢等，感覺起來就「硬邦邦」，一點也不「舒逸」（cozy）的事物。它應該是以鄉村、大飯店、（前）殖民地為核心，間或夾雜一兩句讀者也不甚在意的時局觀察以加固背景的狀態。但克莉絲蒂出生於一八九〇年，生平歷經奧匈帝國與俄羅斯帝國的崩潰、兩次世界大戰、經濟大恐慌等，樁樁件件都是近代歷史難以抹滅的大事件，她可能當真無動於衷嗎？是以，早在一九二七年，克莉絲蒂便以白羅為主角，寫出諜報小說《四大天王》，其後更塑造出湯米與陶品絲這對橫跨二次世界大戰的夫妻檔業餘情報員。然而這對歡喜鴛鴦的氛圍，或許終究難以展現克莉絲蒂對戰後國際形勢演變之思慮。職是之故，她持續創作鴛鴦神探的系列之餘，在他們力所未逮之處，再度啟用了非系列角色，《巴格達風雲》、《未知的旅途》、《法蘭克福機場怪客》均是此類作品，試圖傳遞她在《四大天王》中即已反覆論及的「幕後的力量」。

這個「幕後的力量」又是什麼呢？見識過帝國的崩潰，對於早年的克莉絲蒂來說，共產主義無疑是危險的。在她第二部出版品《隱身魔鬼》中，克莉絲蒂將幕後黑手設定為布爾什維克的信徒。然而，伴隨著一九二四年工黨政府首次執政，克莉絲蒂對相關思潮的憂慮似有緩和態勢，此後，她的小說中偶爾會出現被眾人視為嫌疑犯的左翼同情者最終卻得證清白的情節。

伴隨著二戰結束與冷戰的開啟，許多涉及諜報的故事紛紛以蘇俄作為陰謀主腦。但克莉絲蒂頗具深意地將《巴格達風雲》與《未知的旅途》背後的陰謀組織者拐了彎，不以冷戰雙方作為主使者，而是更廣泛地指向「無政府主義者」、「理想主義者」。這樣的觀點，在以新納粹為主軸的《法蘭克福機場怪客》中亦曾多次表述——但這不是說她就放棄了一些既存觀點。不意外地，赫伯特．馬庫色（Herbert Marcuse）、法蘭茲．法農（Frantz Fanon）這些思想家仍舊不討克莉絲蒂的喜歡。

克莉絲蒂對法農等人的抗拒，與她對大英帝國的忠誠，以及對中東（特別是埃及）的偏愛或許不無關聯。眾所周知，克莉絲蒂於一九三〇年結婚的第二任丈夫是考古學家，她因此與中東和考古結緣。當時，方於一九二二年在名義上脫離英國管治的埃及，是個年輕的新興國家，尚未能擺脫殖民宗主國的影響，克莉絲蒂對埃及乃至於中東的描繪，是以多半本於殖民者的視線而開展。她的背景與經驗，決定了她理解的視角。然則，這並不表示她無意了解該地的歷史淵源——以古埃及為背景的《死亡終有時》正是最好的例證。這部入選英國犯罪作家協會「史上百大犯罪小說」第八十三名的精采作品，向讀者講述的不只是一個關於謀殺的故事，更是千年前定居於此的埃及人究竟如何生活的故事。

在《巴格達風雲》中，有一段主角與主謀對峙時的敘述：「人命無關緊要……這是愛德華的信條。那個用瀝青黏補起來、三千年前的粗陶碗突然無來由地閃現在維多莉亞心頭。那些東西當然要緊。小小的日常用品、待養的家人、構築成一個住家的牆壁，還有一兩件被當作寶貝的財產。」顯而易見，對克莉絲蒂而言，考古文物的珍貴，不在於它們悠久歷史或蘊藏的知識，而在於當代人得以透過它們深刻感受過往人們的生活。正是這樣的感受，構築出對人與生命的尊重。這樣的尊重，正是克莉絲蒂推理小說的基石所在吧！

在娛樂之外，還有許許多多閱讀克莉絲蒂的方式，正如同在知名的偵探系列之外，仍存在著許許多多精采的非系列作品一般。你所看到的克莉絲蒂，又是什麼樣子呢？

獻詞

阿嘉莎・克莉絲蒂是世界讀者最眾，也最廣受喜愛的女作家。
身為克莉絲蒂的孫兒，我相信奶奶會非常樂見這次出版，
因為她極以自己作品中的趣味與娛樂為豪。
歡迎所有喜歡本系列的台灣新讀者參與這場饗宴！

——馬修・培察（Mathew Prichard）

前言

阿嘉莎．克莉絲蒂為全球知名的推理小說之后，其小說與短篇故事為數以百萬計的讀者帶來樂趣。她筆下著名的許多人物紛紛出現在此部短篇合集內，包括令人敬畏的赫丘勒．白羅。在〈黃色鳶尾花〉中，白羅接到一通匿名電話，要求他到一家新潮餐廳參加一場晚宴。在場賓客四年前在同一張桌子親眼目睹東道主的妻子自殺，此事是否純屬巧合？

家喻戶曉的「不幸專家」帕克．潘先生在〈情牽波倫沙〉中足智多謀地解決了一道棘手的愛情難題，令人讚嘆。〈鑽石之謎〉中，他將其出色的觀察力運用在一宗謎案上。艾薩克．波因茨先生舉辦的豪華遊艇宴會上，一名賓客在午餐桌上輕鬆愉快地向他提出挑戰，表示能將其珍貴的鑽石「晨星」偷到手，而且這名賓客十分認真。鑽石果然銷聲匿跡了，但在場賓客於案發當時無人離開現場……

〈丑彩茶具〉這篇故事裡，沙特衛先生與謎樣的鬼豔先生巧遇，阻止了寧靜的鄉村週末一場怪異熱鬧的下午茶謀殺案。

情牽波倫沙

目錄

01

情牽波倫沙

Problem at Pollensa Bay

本篇故事於一九三五年首次刊登在英國的《河岸雜誌》上。一九四三年，故事主角更替為赫丘勒·白羅重新出現。

凌晨時分，帕克·潘先生乘坐由巴塞隆納開往馬約卡島的汽輪在帕爾馬下了船。他立刻感到失望，旅館全客滿了！供他選擇的最佳住處是市中心一家旅館一間衣櫥般不透風的房間。房間可以俯瞰旅館的內院。帕克·潘先生並不打算住在那裡。旅館老闆對他的失望顯得漠然。

「那你想怎麼辦呢？」他聳了聳肩說道。

帕爾馬在今日廣受遊客喜愛，外幣兌換匯率相當划算，英國人、美國人，人人都在冬天來到馬約卡。整個島嶼擁擠不堪。這位英國紳士能否在島上另外找到一處落腳之地，實在令人存疑……除非是福門托，那兒的價格貴得嚇人，即使有錢的外國人也望而生畏。

於是帕克·潘先生喝了些咖啡，吃了一個麵包捲，就走出旅館去參觀大教堂，卻發覺自己沒有心情欣賞建築之美。

接下來，他操著一口不純正的法語，夾雜著當地的西班牙語，和一位友善的計程車司機交談起來。

他們談論索列爾、阿爾庫迪亞、波倫沙和福門托的優勢所在，以及到那裡一遊的可能性。那些地方都有高級旅館，只是價格很昂貴。

帕克．潘先生急切地想知道確切的價錢。

計程車司機說，他們會漫天要價。英國人來這兒是考慮到這裡價格低廉、合理，這不是眾所周知的嗎？

帕克．潘先生表示，的確是這樣，可是在福門托他們究竟是如何收費？

難以置信的價碼！

很好。

可是到底是多少？

司機終於同意說出數目。

剛從耶路撒冷和埃及的高價旅館來到此地，司機報出的價碼並未使帕克．潘先生感到過分震驚。

一番討價還價之後，帕克．潘先生的小提箱就被草草扔到了計程車上。他們出發了，環繞著島嶼行駛，沿路打聽有沒有便宜些的旅館，不過始終朝著最後的目的地福門托行進。

然而，他們終究沒有抵達那個有錢人的聖地。他們穿過波倫沙窄窄的街道，沿著彎曲的海岸線前行，到了金松樹旅館，一家位於海邊的小旅館。在霧靄迷濛的晴朗早晨中，旅館周圍景色宜人，有著日本繪畫般的朦朧美。帕克．潘先生立刻感覺：就是這家旅館！只有這家旅館是他夢寐以求！他讓計程車停下來，下車走進上彩的大門，希望找到一處休息的場所。

旅館的主人是一對老夫婦，他們不懂英語和法語。儘管如此，事情還是圓滿地解決了，帕克・潘先生訂到一個可以俯瞰大海的房間。行李從計程車上卸下來，司機預祝他不會被「這類新式旅館」大敲一頓。他收了車費，歡快地致以西班牙式的告別，就此離去。

帕克・潘先生瞅了一眼錶，知道才九點三刻，於是他出了房間，走到灑滿耀眼晨光的小露台上。那天早上，他再度點了咖啡和麵包捲。

露台上擺著四張餐桌，他自己坐一張，一張桌上的杯盤正在清理，另外兩張都有客人。離他最近的那個餐桌坐著一家人，父母和兩個已不年輕的女兒，他們是德國人。這家人後面，在露台的角落，坐著一對母子，他們顯然來自英國。

那位母親大約五十五歲，一頭美麗的銀髮，身穿實用但已過時的花呢外套和裙子，舉止沉穩得體，是一個習慣於國外旅遊的典型英國女子。

坐在她對面的年輕人二十五歲上下，也具有他那個階層和年齡的突出特點。他不算英俊也不難看，不高也不矮。顯而易見，他和母親關係非常融洽，他們彼此輕聲地互開玩笑，兒子任勞任怨地為母親拿刀遞叉。

他們交談的時候，她的目光曾和帕克・潘先生的目光交會。她的眼神矜持冷漠，但他知道他已經被貼上了某種標籤。

他無疑已被認出是英國人，所以自此以後，可想見會有一些令人愉快卻又含糊其辭的話語需要應對。

帕克・潘先生對此並不覺得反感。在國外碰到自己的同胞，他感到有些厭煩，但他還是願意和和氣氣地度過一天的時光。在一個小旅館裡，如果不這樣的話，會覺得很不自在。他確信，眼前這個女人有著他所謂「非凡的旅館風度」。

那位英國青年從座位上站起來，說了句俏皮話，走進旅館。女人拿起她的信件和小提包，面向大海舒坦地坐到一把椅子上。她打開一份《大陸每日郵報》，背對著帕克・潘先生。

帕克・潘先生喝完最後一滴咖啡，朝她的方向瞟了一眼，但剎那間愣住了。他產生警覺，在這承平假日中投入警覺！女人的背部極富表情，他一生中觀察過許多這樣的脊背。憑它的剛勁——她坐著時繃緊的背部姿勢，無須看她的臉，就清楚地知道，她的眼睛裡必是噙著晶瑩的淚水，她正極力抑制住自己的情緒。

帕克・潘先生像一隻久被追獵的野獸，躡手躡腳地退回旅館裡。不到半個小時以前，旅館的服務台曾要求他在住宿登記簿上簽名。所以他留下一個簡要的簽名——「C・帕克・潘，倫敦」。

帕克・潘先生留意了一下往上幾行登錄的住宿名單：「R・切斯特夫人，白卓・切斯特先生，霍爾姆公園，德文郡」。

帕克・潘先生抓起一枝筆，在他的簽名上面很快又寫了一個名字：「克里斯・潘」（此時簽名已經很難辨認了）。

這樣R・切斯特夫人即使在波倫沙灣遇到什麼不順心的事，也無法輕而易舉地求助於帕克・潘先生了。

帕克．潘先生以前就使用過這種方法以避免惹人注目，他不清楚為什麼在國外會有如此多的人知道他的名字，而且留意過他的廣告。在英國，每天都有數以千計的人讀《泰晤士報》，他們可能會坦承自己一輩子從未聽說過這麼個名字。他想，可能是人在國外時讀報更仔細，不願漏掉任何消息，甚至連廣告也要看。

他常常在度假時被打擾。他處理過一系列的問題，謀殺、蓄意敲詐等等。他下決心在馬約卡清靜清靜。他的直覺告訴他，那位心情沮喪的母親相當可能破壞他的這份清靜。

帕克．潘先生非常愉快地在金松樹旅館安頓下來。不遠處有家大一點的旅館叫「馬里波薩」，那兒住著許多英國人。此處也是許多英國藝術家的聚居地。你可以沿著海邊信步走進一個漁村，漁村裡有家雞尾酒吧，人們大都在那裡聚集，因為漁村裡只有幾家店鋪。一切都那麼平和、賞心悅目。女孩們穿著寬鬆長褲、圍著五顏六色的方巾走來走去；男孩子戴著貝雷帽，披著長髮，在「麥克酒吧」大談特談造型美術與抽象藝術。

帕克．潘先生抵達旅館隔天，切斯特夫人跟他聊了幾句客套話，談風景，談天氣可不可能繼續晴朗下去。接著，她又和那位德國老太太聊了編織，和兩名丹麥男子就不甚樂觀的政治形勢輕鬆交談幾句。那兩名丹麥男子總是一大早起床，然後進行十一個小時的徒步旅行。

帕克．潘先生發現白卓．切斯特是個相當討人喜歡的年輕人。他稱呼帕克．潘為「先生」，非常禮貌地聽年老的潘先生談論一切。有時候他們三個英國人晚飯後會一起品嘗咖啡。

三天後的那個傍晚，白卓坐了大約十分鐘就獨自走開了，帕克．潘先生和切斯特夫人兩個人面對面地坐在那裡。

他們談起花及種花，談英鎊的低迷及法郎的增值，談喝到優質午茶的難處。每天晚上她兒子離開後，帕克．潘先生就可以看到她迅速壓抑住嘴唇的顫抖，而且很快就恢復常態，愉快地和他談論上述話題。

她漸漸地開始談起白卓，談他在學校裡的成績如何優異，「他排在前六名，您知道」；談大家如何喜歡他，談他父親如果在世會如何為他驕傲，談她如何感激他從未「狂浪」過。「當然我總是催促他去和同齡的玩在一起，但他似乎更願意陪在我身邊。」

她說這話時，帶著一種謙和的愉悅感。

然而這一次，帕克．潘先生對此沒有發表一向睿智的高見，他只是說：「噢！不過這裡好像有很多年輕人嘛。不是在旅館裡，而是在附近區域。」

他注意到，切斯特夫人聽到這句話後愣住了。她說這裡是有許多藝術家——她的觀點或許很不合時尚，但她覺得真正的藝術根本不是這麼玩的，可是很多年輕人以此為藉口四處遊蕩，無所事事——女孩子甚至過度飲酒。

第二天，白卓對帕克．潘先生說：「有您在這裡，我非常高興，先生，尤其是對我母親而言。她喜歡在晚上與您聊天。」

「你們剛到這裡時都做些什麼？」

「說實在話，我們常常玩皮克牌[1]。」

「我明白了。」

「當然玩來玩去就玩膩了。其實我在這裡有些朋友相當活躍。但我覺得母親不怎麼喜歡他們……」他笑了，好像覺得自己的話很可笑。「母親很守舊……甚至穿長褲的女孩都會讓她震驚！」

「這樣啊。」帕克．潘先生說。

「我告訴她，一個人必須跟上時代的潮流……我們家鄉的女孩子都太缺乏生氣了。」

「我明白。」帕克．潘先生說。

所有這一切都使他很感興趣。他彷彿在觀看一部袖珍劇，但他無意在劇中插上一角。

接下來，最糟糕的事情——從帕克．潘先生的角度看——發生了。他的一個熟人，一個裝腔作勢的女人，下榻在馬里波薩旅館。他們在茶坊邂逅，切斯特夫人也在場。

這位新來者大呼小叫道：「噢！這不是帕克．潘先生嗎？獨一無二的帕克．潘先生！還有雅黛拉．切斯特！你們倆認識嗎？哦，你們認識？你們住同一家旅館？雅黛拉，他就是那位如假包換的奇才，本世紀的奇蹟。只要他願意伸出一臂之力，你所有的麻煩都會迎刃而解！你不知道嗎？你應該聽說過他吧？你沒見過他的廣告詞嗎？『你有困難嗎？請向帕克．潘先生求助。』沒有他解決不了的事。夫妻吵架吵得不可開交，他三言兩語就讓他們重歸於好；你覺得生活平淡乏味，他會使你嘗試再刺激不過的冒險遊戲。就像我說的，這個人的的確確是個奇才！」

那女人滔滔不絕地講下去，帕克．潘偶爾謙恭地插上幾句話予以否認。他討厭切斯特夫人看他的眼神，他更討厭看到她踅回到海灘時，和那個對他大加褒揚的長舌婦湊攏在一起東扯西聊。

事情比他預料的還快。那天晚上，喝完咖啡，切斯特夫人突然說：「您能不能來小客廳一下，潘先生？我想和您談件事。」

他只好服從。

切斯特夫人原來已經逐漸不能控制自己了，所以當小客廳的門關上後，她完全垮了。她坐下來，頓時淚如雨下。

「帕克．潘先生，您得救救我的孩子。我們得救救他。我的心都快碎了！」

「親愛的夫人，身為一個局外人……」

「妮娜．威徹利說您什麼都辦得到。她說我可以百分之百地相信您。她建議我把一切都告訴您，您就會把整件事情處理好。」

帕克．潘先生暗暗詛咒那個冒失鬼威徹利夫人。

他只有聽天由命，說道：「好吧，我們把事情詳細討論一下。是為了一個女孩，對吧？」

1　皮克牌（Pike），一種通常由兩人用三十二張牌對玩的紙牌遊戲。

「他把她的情況告訴您了嗎？」
「只是間接地提了提。」
切斯特夫人傾訴起來，猶如決堤之水般一發不可收拾。
「那女孩太可怕了。她酗酒，她罵人，她身上穿的哪能叫衣服。她姐姐住在附近，嫁的是一個藝術家，荷蘭人。這幫人道德敗壞，有半數以上都是未婚同居。白卓徹底變了。他先前總是那麼文靜，對嚴肅課題一向相當感興趣。他曾經考慮過要從事考古學研究……」
「噢，噢，」帕克·潘先生說，「真是暴殄天物。」
「什麼意思？」
「年輕人對嚴肅的課題感興趣，對他來說並不健康。他應該把自己當個傻瓜，一個接一個地換女朋友才對。」
「請嚴肅點，潘先生。」
「我十分嚴肅。那個年輕的女孩大概就是昨天和您一起喝茶的那位吧？」
他當時注意過她，灰色的法蘭絨長褲，鬆散地裹在胸前的猩紅方巾，朱唇，選擇雞尾酒而不喝茶。
「您見過她？她太令人討厭了！白卓以前並不欣賞這類女孩子。」
「您沒有給他機會讓他欣賞女孩子，對吧？」
「我？」

「他太喜歡和您待在一起了！這太不妙了！然而我敢說他會正常起來的，只要您不擴大事端的話。」

「您不了解。他想娶這女孩，娶貝蒂・格雷，他們訂婚了。」

「已經發展到如此地步了？」

「是的，帕克・潘先生，您必須做點什麼，您必須幫助我兒子擺脫這場注定不幸的婚姻！否則他的一生都會被毀掉。」

「一個人除了自己本人，沒有誰能夠毀掉他的一生。」

「白卓會被毀掉的。」切斯特夫人堅持。

「我不擔心白卓。」

「您也不擔心那女孩嗎？」

「是的。我擔心的是您。您一直在濫用您做母親的權利。」

切斯特夫人看著他，微微有些吃驚。

「人在二十到四十歲期間都是個什麼樣子？飽受個人感情的束縛。的確，這就是生活。但隨後就進入了一個新階段。我們會思考生活，觀察生活，了解他人，探索自身。生命由此變得真實和重要。你會全面地看待生活，而不僅僅只注意其中一個場景……你自己正在演出的場景。男人或是女人，只有過了四十五歲，他或她才能真正成為他或她自己。這個時候，人開始有新的生命。」

切斯特夫人說：「我全心地愛著白卓，他是我的全部。」

「噢，他不該是您的全部，您現在正品嘗著自己帶來的苦果。您願意怎麼愛他就怎麼愛他，然而您是雅黛拉．切斯特，請記住，您是一個人，不單單是白卓的母親。」

「如果白卓毀了自己的一生，我會非常痛心。」白卓的母親說。

他看著她，她臉上布滿細緻的皺紋，嘴角下垂，帶著渴盼的神情。從某種角度說，她是個可愛的婦人，他不想讓她受到傷害，於是他說：「我看看我能做點什麼。」

見到白卓．切斯特時，他發現他巴不得與他交談，急於表達出自己的觀點。

「這事糟透了。母親思想褊狹，已經無可救藥。假如她不再亂為我操心，她就會知道貝蒂是多好的女孩。」

「貝蒂呢？」

他嘆了口氣。

「貝蒂也很難纏！如果她順著母親一點——我是說別塗唇膏，哪怕是一天——情況就全然不同了。母親一旦還在，她似乎就不顧一切地……呃，摩登起來。」

帕克．潘先生笑了笑。

「貝蒂和母親都是世界上我最愛的人，我原以為她們可以十分親近。」

「你有很多事情需要學習，年輕人。」帕克．潘先生說。

「我希望您能跟我去見見貝蒂，和她好好聊聊這一切。」

帕克・潘先生立即接受了邀請。

貝蒂和她的姐姐、姐夫住在一棟離海邊稍遠的破舊小別墅裡，生活簡樸、舒適。家裡只有三把椅子、一張桌子和幾張床。牆上有個壁櫥，櫥裡放著杯子碟子等等生活用品。漢斯滿頭亂蓬蓬的金髮，是個情緒激動的年輕人。他一口古怪的英語，邊走邊講，速度快得令人難以卒聽。他的妻子絲黛拉嬌小美麗。貝蒂・格雷一頭紅髮，臉上長著雀斑，眼神很調皮。他注意到，她根本沒有像前一天在金松樹旅館那樣化妝打扮。

她給他倒了一杯雞尾酒，眼裡閃出愉快的神情，說：「您是為這樁大難題來的吧？」

帕克・潘先生點點頭。

「老兄，您站在哪一邊？這對小戀人這邊，還是反對他們的老婦人那邊？」

「我可以問你一個問題嗎？」

「當然可以。」

「你覺得這一切你都處理得很妥當嗎？」

「一點也不，」格雷小姐很直率。「然而那老太婆確實讓我生氣。」她環視四周，確保白卓沒有聽到。「那女人簡直讓我受不了。這些年，她一直把白卓拴在自己的圍裙帶上，這會使男人看起來像個傻瓜。事實上白卓並不傻。還有啊，她太愛擺出一副歐洲貴婦的架子。」

「其實這並不壞，只是有一點『不合時尚』而已。」

貝蒂・格雷忽然眼睛一亮。

「您的意思是不是，就像在維多利亞時代把奇彭岱耳家族的椅子擺放到閣樓上，然後再把它們搬下來，說：『它們真的很漂亮吧』？」

「有點這個意思。」

貝蒂．格雷沉思片刻。

「或許您是對的。我該誠實些。是白卓讓我生氣……他那麼擔心我會給他母親留下壞印象。是這使我走上極端。即使是現在，我還是認為他會棄我而去，如果他母親繼續給他施加壓力的話。」

「他會的，」帕克．潘先生說，「如果她方法得當的話。」

「您想指點她怎麼做嗎？她自己會想不出怎麼做，您知道。她只是會繼續逼迫我們，可是那沒有用。但如果您指點她……」

她咬著嘴唇，抬起坦誠的藍眼睛看著他。

「我聽人說起過您，帕克．潘先生，大家都說您很了解人性的事理。您認為我和白卓會不會成功？」

「我想讓你回答三個問題。」

「相配度測試？那好，問吧。」

「你睡覺時窗戶是開著還是關著？」

「開著，我喜歡充裕的空氣。」

「你和白卓愛吃一樣的食物嗎？」

「是的。」

「你喜歡早睡還是晚睡？」

「私下告訴您，我喜歡早睡。晚上十點半開始打呵欠，早上起床後感到精力充沛，可是我當然不敢明說。」

「你們應該很相配。」帕克．潘先生說。

「這是相當膚淺的測試。」

「一點也不。我至少接觸過七個完全破裂的婚姻，原因都是丈夫喜歡半夜才睡，而妻子九點半就上床，或者反過來。」

「真遺憾，」貝蒂說，「弄得大家都不愉快，白卓、我，還有那個祝福我們的母親。」

帕克．潘先生咳了一聲。

「我認為，」他說，「這也許可以改變。」

她用懷疑的眼光看著他。

「我很想知道，」她說，「您是不是在騙我？」

帕克．潘先生的臉上沒有顯出任何表情。

對切斯特夫人來說，他給了她最大安慰，儘管未說清楚該怎麼辦，但他說訂婚畢竟不是結婚。他自己也要去索列爾玩一星期。他建議她不要採取明確的行動，而且要她當場答應。

他在索列爾度過非常愉快的一星期。

回來後發現事情有了完全意想不到的進展。

他走進金松樹旅館時，一眼就看見切斯特夫人和貝蒂．格雷在一起喝茶。白卓不在。

切斯特夫人顯得形容枯槁，貝蒂也面無光澤，她幾乎沒有梳洗打扮，眼瞼看起來好像失眠了很久。

她們跟他友好地打了聲招呼，可是兩人誰也不提白卓。

突然，他聽見身邊的女孩猛地吸了一口氣，彷彿受到什麼驚嚇。帕克．潘先生轉過頭。

白卓．切斯特正從海濱走上台階。和他在一起的是位異常美麗的女孩，美得叫人透不過氣來。她膚色淺黑，體態優雅。沒有人會不注意到她窈窕的身姿，因為她只穿一件淺藍色的縐衣。她重重地施著妝粉，嘴唇朱紅……然而厚厚的脂粉更加襯托出她令人驚豔的美。

至於年輕的白卓，他彷彿不能把目光從她臉上移開。

「你來得太遲了，白卓，」他母親說，「你本來打算帶貝蒂去麥克酒吧的。」

「這都怪我，」那位漂亮的陌生女郎慢吞吞地說，「我們只是隨便走走。」她轉向白卓。「親愛的，給我來點刺激的東西！」

她隨意地踢掉鞋子，露出修染過的腳趾頭，翡翠綠的顏色正好與手指甲相配。

她沒有留意兩位女士，卻向帕克．潘先生靠近了些。

「這島嶼太乏味無趣了，」她說，「在碰到白卓之前，我都快悶死了。他好討人喜歡！」

「帕克．潘先生，這位是拉蒙娜小姐。」切斯特夫人說。
女郎聽完介紹，懶洋洋地一笑。
「我想我要馬上叫您帕克，」她咕噥道，「我叫竇蘿。」
白卓端著飲料回來了。拉蒙娜小姐時而和白卓說話，時而和帕克．潘先生聊天（大都只是掃視的目光）。對那兩位女士，她絲毫不在意。貝蒂曾有一兩次試圖加入他們的談話，但那女郎只是瞪她一眼，打個呵欠。
竇蘿倏地直起身來。
「我想我該走了。我住在另外一家旅館。有誰願意送我回去嗎？」
白卓猝然起身。
「我和你去。」
切斯特夫人說：「白卓，我親愛的……」
「我很快就回來，媽媽。」
「他鐵定是這位母親的孩子吧？」拉蒙娜小姐隨便地問一聲在場的眾人。「你只會跟著她嘟囔個不停，對吧？」
白卓臉紅了，顯得有些不自在。拉蒙娜小姐朝切斯特夫人點點頭，向帕克．潘先生粲然一笑，就和白卓一塊離去了。
他們離去後，出現了令人困窘的沉默。帕克．潘先生不願先開口。貝蒂．格雷捻弄著手指，面朝著大海。切斯特夫人臉色發紅，看起來很生氣。

貝蒂語氣不太平穩地說：「呃，您對我們在波倫沙灣結識的這位朋友有什麼看法？」

帕克・潘先生謹慎地說：「她有點……呃，異國風情。」

「異國風情？」貝蒂苦笑一聲。

切斯特夫人說：「真不像話，太不像話了。白卓一定是瘋了。」

貝蒂急忙說：「白卓沒問題。」

「她的腳趾頭……」

切斯特夫人厭惡得發抖。

貝蒂忽然站起來。

「我想，切斯特夫人，我還是回家吧，我不留下來吃晚飯了。」

「噢，親愛的，這樣白卓會很失望。」

「他會嗎？」貝蒂輕輕一笑。「不管怎樣，我要回去了。我頭疼得厲害。」

她對另外兩個人笑了笑，離去了。切斯特夫人轉向帕克・潘先生。

「我真希望我們從未來過這地方，從未來過！」

帕克・潘先生難過地搖搖頭。

「您不該離開的，」切斯特夫人說，「如果您在這兒，這一切就不會發生。」

帕克・潘先生好像被什麼刺了一下，回答說：「親愛的夫人，我向您保證，只要涉及到美麗的年輕女孩，我對您兒子是使不上力的。他，呃，似乎非常多情。」

「他過去不會這樣。」切斯特夫人淚汪汪地說。

「那麼，」帕克．潘先生試圖使氣氛輕鬆一下。「這個新的誘惑似乎粉碎了他對格雷小姐的迷戀。您一定為此而感到滿意。」

「我不明白您的意思。」切斯特夫人說，「貝蒂是個可愛的孩子，她一心愛著白卓，表現得非常好，我想我兒子一定是瘋了。」

切斯特夫人這番變化頗令人驚訝，帕克．潘先生卻沒有因此而皺眉蹙額，他以前就領教過女人的這種矛盾心理。

他溫和地說：「說他瘋了並不準確，他只是著了迷。」

「那禍水是拉丁人，她真的叫人受不了。」

「但實在非常漂亮。」

切斯特夫人哼了一聲。

白卓從海濱跑上台階。

「喂，媽媽，我回來了。貝蒂呢？」

「貝蒂頭疼，回家了。我覺得她做得對。」

「您是說，她生氣了？」

「白卓，我覺得你對貝蒂太不好了。」

「看在上帝的份上，媽媽，別再數落我了。如果每次我和其他女孩說話貝蒂就這麼生氣，我們在一起還有什麼好日子可過。」

「你們訂婚了。」

「是，我們是訂婚了，但這並不意味著我們不能各自再交朋友。現代人必須有自己的生活，應該盡量消除嫉妒心。」

他停了停。

「好，既然貝蒂不來和我們吃飯，我就返回馬里波薩旅館。他們極力邀請我去吃……」

「噢，白卓！」

年輕人怒氣沖沖地看了她一眼，接著跑下台階。

切斯特夫人頗有感觸地看著帕克・潘先生。

「您看。」她說。

他看見了。

幾天後，事情發展到白熱化的程度。貝蒂和白卓本來決定帶著午餐出去遠足。貝蒂到金松樹旅館時，發現白卓早就忘記了他們的約定，而去福門托參加竇蘿・拉蒙娜的宴會。貝蒂咬著嘴唇，什麼也沒有表示。然而不一會兒，她起身站在切斯特夫人面前（露台上只有這兩個女人）。

「很好，」她說，「這沒有什麼關係。不過我還是認為我們最好讓這一切都結束吧。」

她從手上取下白卓送給她的圖章戒指……他準備以後再為她買個真正的訂婚戒指。

「您把這個還給他，切斯特夫人，好嗎？告訴他我沒什麼，不用擔心……」

「貝蒂，親愛的，別這樣！他是真的愛你，真的。」

「看起來是這樣，不是嗎？」女孩冷笑一聲說，「不……我也有自尊心，請轉告他，沒有關係，我很好，我……我祝他好運。」

日落時分，白卓回來了，被他迎頭痛斥了一頓。

看到那枚戒指，他的臉微微一紅。

「這麼說，她是這樣想的？唔，也許這是最好的結局。」

「白卓！」

「噢，媽媽，坦白說，最近我們相處得並不好。」

「這是誰的錯呢？」

「明白說吧，我認為並非我的錯。嫉妒是極其可惡的行為，我真的不明白您為何非要如此折騰我們大家。您自己曾懇求我不要和貝蒂結婚。」

「那是在我了解貝蒂之前。白卓，親愛的，你沒有考慮要娶那位小姐，對吧？」

白卓．切斯特鄭重地說：「假如她願意嫁給我，我會閃電般地把她娶過來。可是恐怕她不樂意。」

切斯特夫人感到脊背一陣發冷。她四下尋找，發現帕克．潘先生在一個有頂篷的角落裡靜靜讀一本書。

「您必須做點什麼！您必須做點什麼！我兒子的一生會因此毀掉。」

帕克・潘先生對「白卓的一生會被毀掉」這種說法感到有些厭煩。

「我能做什麼呢？」

「去看看那個禍水。必要的話，用錢把她打發走。」

「代價可能會很昂貴。」

「我不在乎。」

「這似乎有些可惜。或許，會有別的辦法。」

她的目光充滿疑問。他搖了搖頭。

「我不會給您什麼承諾，可是我知道該怎麼做。我以前處理過此類事情。順便提一句，不要告訴白卓，那會壞事的。」

「當然不會。」

帕克・潘先生半夜時才從馬里波薩旅館回來，切斯特夫人一直坐著等他。

「怎麼樣？」她屏息問道。

他眼睛一亮。

「竇蘿・拉蒙娜小姐將於明天早上離開波倫沙灣，明天夜裡離開馬約卡島。」

「噢，帕克・潘先生！您是如何解決這件事的？」

「小事一樁。」帕克・潘先生說。他的眼睛又是一亮。「我判斷自己可能對她有些影響力，果真如此。」

「您太偉大了。妮娜・威徹利說得沒錯。您得告訴我，呃，您的佣金……」

帕克・潘先生伸出一隻修得精美的手。

「一分錢都不要。對我來說這是一種榮幸。我希望一切都會好轉起來。當然，在他發覺她沒有留下地址就消失了，一開始心情會很沮喪。所以您得對他包容一兩個星期。」

「但願貝蒂肯原諒他……」

「她一定會原諒他。他們是很匹配的一對。順便說一下，我明天也要離開了。」

「噢，帕克・潘先生，我們會想念您的。」

「也許，我最好還是在您的公子和第三個女孩子又熱戀上之前離開。」

§

帕克・潘先生倚在汽輪的舷欄上，眺望著帕爾馬的燈火。他身旁站著賣蘿・拉蒙娜。他感激地對她說：「幹得很漂亮，瑪德琳。我很高興發電報讓你來了。很奇怪你竟是個文靜、不愛外出的女孩。」

瑪德琳・德・薩拉，別名賣蘿・拉蒙娜，又名瑪姬・塞耶斯，說得很妙，「我很高興您能滿意，帕克．潘先生。這對我來說也算換換環境。我覺得開船前得下艙躺一下。我暈船。」

幾分鐘後，有一隻手搭在帕克．潘先生的肩膀上。他轉過身來看，是白卓．切斯特。

「不得不來送行了，帕克．潘先生。我替貝蒂轉達她對您的敬愛之情，以及我倆對您最誠摯的謝意。您安排了一次了不起的驚人表演。現在貝蒂和媽媽彼此非常親近。這樣欺騙老人，似乎太不人道，但是她過去故意鬧彆扭，也確實太過分了。不管怎麼說，現在沒事了。只是往後幾天，我還得小心翼翼地假裝煩惱下去。我們倆，貝蒂和我，對您感激不盡。」

「祝你們永遠幸福。」帕克．潘先生說。

「謝謝。」

短暫的沉默之後，白卓顯得有些過於漫不經心，問道：「德．薩拉小姐在哪兒？我也想謝謝她。」

帕克．潘先生用犀利的目光瞥了他一眼，說道：「恐怕德．薩拉小姐已經休息了。」

「唔，太不巧了……那麼，也許我會在倫敦什麼時候碰上她？」

「告訴你實話，她馬上就要去美國替我辦事了。」

「噢！」白卓的語調惶惑不安。「好吧，」他說，「我要離開了……」

帕克．潘先生笑了。他回到自己的船艙時，路過瑪德琳的房間，他敲了敲門。

「你好嗎，親愛的？很好，我們那位年輕的朋友已經走了。像往常一樣，『瑪德琳療法』又一次產生了輕微的副作用。一兩天內，他就會好的。可是你也太讓人魂不守舍了。」

02

鑼聲再起

Problem at Pollensa Bay

本篇故事一九三二年首度在英國《河岸雜誌》發表；一九三七年發行增訂版，更名為〈死者的鏡子〉，收錄於《巴石立花園街謀殺案》。

瓊．艾栩碧走出臥室，在門口的樓梯平台上站了一會。她半轉過身，似乎要踅回自己的房間，這時，彷彿就在她的腳下，一聲鑼響隆隆而至。

瓊連跑帶走地立刻向前衝。由於太過匆忙，因此在大樓梯的頂端一下子和一個從對面趕來的年輕人撞在一起。

「嘿，瓊！為何這麼急急忙忙？」

「對不起，哈利，我沒看見你。」

「我也這麼想。」哈利．戴豪斯語氣冷淡地說，「我問你，你為何這麼匆忙？」

「鑼響了。」

「我知道。但那只不過是第一聲。」

「不，第二聲。」

「第一聲。」

「第二聲。」

他們邊爭論邊下了樓梯，走進大廳，剛放下鑼槌的男管家邁著沉穩莊重的腳步向他們走來。

「是第二聲，」瓊堅持道，「我知道是第二聲。不信，你看看時間。」

哈利．戴豪斯抬頭瞥了一眼那座老鐘。

「八點十二分，」他說，「瓊，我相信你是對的，可是我壓根沒有聽到第一聲鑼響。迪格比，」他對男管家說：「你是第一次敲鑼還是第二次？」

「第一次，先生。」

「八點十二分才敲？迪格比，有人會因此被解雇喔。」

男管家的臉上瞬間隱露一絲微笑。

「今天晚十分鐘開飯，先生。這是主人的命令。」

「令人難以置信！」哈利．戴豪斯喊道，「嘖嘖！哎呀，糟了，怪事可真多。我可敬的舅舅到底怎麼啦？」

「先生，七點的火車晚了半個小時，當……」

男管家戛然而止，一個如甩響鞭似的聲音傳了進來。

「究竟是怎麼回事？」哈利說，「呃，聽起來好像一聲槍響。」

一個皮膚黝黑、面貌英俊、三十五歲的男子從他們左側的客廳走了出來。

「什麼聲音？」他問，「聽起來像一聲槍響。」

「這一定是汽車的回火聲，先生。」男管家說，「我們這邊的房子離大路很近，樓上的窗戶又開著。」

「大概是吧，」瓊懷疑地說，「可是那應該在那邊。」她朝右邊擺了擺手。「我想聲音是從這面傳過來的。」

她指了指左邊。

黝黑的男子搖搖頭。

「我覺得不是這樣。我原來在客廳裡，而我之所以出來到這兒，是因為我感覺聲音是由這個方向傳來的。」

他點點頭示意銅鑼和前門的方向。

「東面、西面和南面，呃？」哈利忍不住說道，「好吧，我來補充完整，基恩，北面歸我。我猜想聲音來自我們身後。對此誰有什麼解釋？」

「嗯，不外是謀殺嘛，」傑福瑞·基恩笑著說，「對不起，你說什麼，艾栩碧小姐。」

「只是打了個寒顫，」瓊說，「沒什麼。某個東西正從我的墳上走過[2]。」

「很好的推斷，謀殺，」哈利說，「不過，唉！沒有呻吟，沒有流血。我想恐怕是偷獵者在追趕一隻野兔。」

「似乎是家兔。不過我也覺得是那樣。」基恩同意他的說法。「但聲音聽起來那麼近。算了，我們還是進客廳去吧。」

「謝天謝地，我們沒有遲到。」瓊熱烈地說，「我以為是第二聲鑼響，所以簡直是飛著下了樓梯。」

大家邊笑邊步入大客廳。

里徹莊園是英國最著名的古宅之一。它的主人，休伯特．里徹．羅奇，是此一古老家族的最後傳人。他的遠親習慣這樣說：「老休伯特，你知道，真的腦筋有毛病。可憐的老傢伙，一個不折不扣的瘋子。」

親戚朋友對他的這番誇張評價，是有些真實的成分。休伯特．里徹．羅奇確實是個怪人。儘管他是一個很出色的音樂家，卻脾氣暴躁，對自己的名望有一種近乎變態的重視。來到莊園作客的人們必須尊重他的諸多成見，否則他再也不會邀請他們。

其中的一個成見是有關他的音樂。如果他為客人演奏——他經常在晚上進行——聽眾必須保持絕對的安靜。小聲的議論，衣服的沙沙聲，甚至一個動作，可能就會使他大發雷霆，轉身而去，於是這些不幸的客人就再也沒有機會接受邀請了。

他另外一個嚴格的規定就是：一天中最重要的正餐必須絕對準時。早餐無關緊要，如果你願意，中午來吃都可以。午餐也無所謂，簡簡單單的，只有冷肉加上燉熟的水果。晚餐就不同了，它是一種儀式，一個節慶，由他以天價從大飯店利誘而來的一流廚師掌廚。

通常，八點五分會響起第一次銅鑼聲，八點十五分響起第二次。霎時，門猛地被打開，

2 意指人們無故戰慄時的迷信說法。

晚飯宣布開始，聚攏在一起的客人們一個個莊嚴地走進飯廳。第二次鑼響後，誰敢冒冒失失地遲到，就會被逐出莊園。從此以後，里徹莊園就會把這位不幸的食客永遠拒之門外。

難怪瓊・艾栩碧那麼焦急，難怪哈利・戴豪斯聽說這天晚上的神聖就餐儀式被延遲了十分鐘而感到驚愕不已。雖然與舅舅的關係算不上太親密，他還是時常拜訪里徹莊園，因此他知道這是多麼不尋常的事件。

傑福瑞・基恩——里徹・羅奇的祕書——也十分驚訝。

「奇怪，」他發表議論。「就我所知，這種事情從未發生過。你確定嗎？」

「迪格比說的。」

「他說了什麼火車的事，」瓊・艾栩碧說，「至少我認為是這樣。」

「真稀奇，」基恩若有所思地說，「我想，到時候他會把一切都告訴我們。不過這實在太蹊蹺了。」

兩個男人端詳著那個女孩，沉默了一會兒。瓊・艾栩碧是個迷人的女孩，金髮碧眼，帶著調皮的神情。她是首次拜訪里徹莊園，而且是在哈利的敦促下才接到邀請函。

門開了，黛安娜・克利夫——里徹・羅奇夫婦的養女——走進房間。

黛安娜身上有一種野性的高雅氣質。她的黑眸子裡，她嘲弄的話語中，散發出一股魔力。幾乎所有的男人都仰慕她，她為贏得偌多異性的青睞而倍感舒心。怪怪的女孩，集溫情與全然的冷漠於一身，充滿著誘惑。

「總算搶先老人家一次了，」她說道，「數週來他首次不是頭一個到這兒。他每次都一邊看錶，一邊踱來踱去，就像餵食時間在等待食物的老虎。」

兩個年輕人早就興奮地迎上前來。她對他們露出迷人的微笑，接著轉向哈利。傑福瑞・基恩退後時黝黑的面孔泛起紅暈。

然而，不一會兒，里徹・羅奇夫人走了進來，基恩也恢復了常態。羅奇夫人是個高個、皮膚黑的女人，舉止自然大方又不可捉摸。她身著飄逸的綠色漸層打褶套裝。和她一起的是一名中年男子，鷹勾鼻，堅毅的下巴。他叫格雷戈・巴林，在金融界是個舉足輕重的人物；由於從母親那裡得到良好的教養，幾年來他已經成為休伯特・里徹・羅奇的密友。

咚！

銅鑼聲莊嚴地響起來。鑼聲消逝，客廳的門霍地敞開，迪格比宣布：「晚飯開始！」話音剛落，這位專業的僕人僵硬的臉上閃過一絲十分詫異的神色。他記憶中第一次，主人沒在房間裡！

顯然，人人都和他一樣感到吃驚。里徹・羅奇夫人不安地微微一笑。

「太不可思議了。真的，我不知道該怎麼辦。」

大家都驚訝不已。里徹莊園的悠久傳統被徹底打破了。會出什麼事呢？房間裡鴉雀無聲，眾人緊張地等待著。

終於，門再度打開；人們如釋重負地鬆了一口氣，剩下的只是有些擔心如何應付這種情況。什麼都不必說，事實非常明顯，男主人本身已經違反了莊園的嚴格規定。

但是，新來者不是身材高大、蓄著鬍鬚、維京人一般的里徹．羅奇，而是一個小個子，顯然是個外國人，圓圓的腦袋，一撮光亮的鬍子，穿著無懈可擊的合身晚禮服。

小個子走向里徹．羅奇夫人，雙眼炯炯有神。

「很抱歉，夫人，」他說，「恐怕我晚到了幾分鐘。」

「唔，哪兒的話！」里徹．羅奇夫人含糊其辭地咕噥道，「哪兒的話，白……」她頓了一下。

「白羅，夫人。赫丘勒．白羅。」

他聽見身後有人輕輕地「噢」了一聲——短促的喘息聲而不是清晰可辨的字眼——是一個女人禁不住發出的激動聲響。他因此而有些飄飄然。

「您知道我要來，」他柔聲說道，「不是嗎，夫人？您丈夫告訴您的。」

「噢……噢，是的。」里徹．羅奇夫人的口氣根本讓人無法相信。「我是說，我想是吧。我太沒用了，白羅先生。我一向什麼也記不住。不過還好，迪格比替我料理一切。」

「我搭的那班火車恐怕誤點了，」白羅先生說，「我們前面的一列火車發生交通事故。」

「噢，」瓊喊道，「難怪晚飯時間延遲了。」

他的目光飛快地轉向她，那眼光捉摸不定又敏銳。

「事情很不同尋常，是嗎？」

「我實在不懂……」里徹・羅奇夫人剛一開口，就停了下來。「我是說，」她又含含糊糊地接著說下去。「太奇怪了。休伯特從來不……」

白羅迅速地掃視了一眼在場的人。

「里徹・羅奇先生還沒下樓嗎？」

「還沒，這太奇怪了。」

她用探詢的目光看著傑福瑞・基恩。

「里徹・羅奇先生極為守時。」基恩解釋道，「他吃晚飯從未遲到過，自從……不過，我不清楚他以前是否遲到過。」

對一個陌生人來說，眾人那憂慮不安的面容，普遍的驚恐情緒，一定令他啼笑皆非。

「我知道該怎麼辦了。」里徹・羅奇夫人用解決問題的口氣說，「我按鈴叫迪格比進來。」

她說了就做。

男管家迅速趕來。

「迪格比，」里徹・羅奇夫人說，「你的主人，他……」

她沒有把話說完，這是她的習慣。迪格比顯然也不等她說下去。他心領神會，緊接著回答：「里徹・羅奇先生七點五十五分時下來過一趟，然後就回書房去了，夫人。」

「噢！」她停頓了一下。「你認為……我是說，他沒有聽見鑼聲嗎？」

「我想他應該聽見了，銅鑼就在他的書房門口。」

「是的，當然，當然。」里徹．羅奇夫人的語調更加含混不清。

「夫人，我要不要通知他晚飯準備好了？」

「唔，謝謝你，迪格比，好的，我想……好的，好的，我應該……」

「真不知道，」男管家退出去之後，里徹．羅奇夫人對客人們說，「沒有迪格比我該怎麼辦！」

又是一陣沉默。

隨後迪格比再次走進房間。他呼吸有些急促，一個優秀的管家不該如此。

「不好了，夫人，書房門鎖著。」

這個時候，赫丘勒．白羅開始掌控局面。

「我認為，」他說，「我們最好去書房。」

他走在前面，眾人緊跟著。此時他的威信似乎無可非議。他再也不是一個滑稽可笑的小個子賓客，而成了重要人物，控制局勢的權威。

他帶領著眾人走出客廳，進入大廳，走過樓梯，經過大鐘，越過陳設銅鑼的壁凹。就在壁凹對面，有一扇緊閉著的門。

他敲門，先是輕輕地敲，隨後愈來愈用力。可是房間裡沒有任何反應。他靈活地蹲下身，把眼睛湊向鎖眼，再站起來，環顧四周。

「先生們，」他說，「我們必須撞開這道門。趕快！」

和剛才一樣，沒有人懷疑他的權威地位。傑福瑞．基恩和格雷戈．巴林兩位身材最高大的大漢在白羅的指揮下開始撞門。事情不是那麼容易。里徹莊園裡的房門堅如磐石，它們當初的建造不像如今一樣偷工減料。門頑強地抵抗著撞擊，然而男人們一起用力，門最終還是鬆動了，向裡倒下。

所有在場的人站在門口猶豫不決。他們看到了潛意識裡害怕看到的情景——正對面是房間窗戶；左邊，門窗之間有一張大大的書桌。書桌一旁，一名身材高大的男子，無精打采地坐在椅子上，身體向前傾。他背對著他們，臉朝著窗戶，然而他的姿勢說明了一切。他的右手無力地下垂，沿手的方向往下看，在地毯上，有一把閃閃發亮的小手槍。

白羅果斷地對格雷戈．巴林說：「把里徹．羅奇夫人及另外那兩位女士一起帶走。」

巴林心領神會地點點頭。他把手放在女主人的手臂上，她抖了一下。

「他自殺了，」她咕噥道，「太可怕了！」

她又打了個冷顫，才隨著他離開了現場，兩個女孩跟在後面。

白羅跨進房間，兩個年輕人跟了進來。

他跪在屍體旁邊，示意他們離遠一點。

他在死者頭部右側發現彈孔。子彈從左側穿出來，擊中掛在左側牆壁上的一面鏡子，把鏡子擊碎了。書桌上有張紙，上面橫七豎八地只寫了一個「對不起」，筆跡遲疑、顫抖。

白羅突然把目光轉向房門。

「鑰匙不在鎖上，」他說，「是不是……」

他把手伸進死者的口袋裡。

「果然在這兒，」他說，「至少我覺得是這把。請幫忙試一下，先生，好嗎？」

傑福瑞·基恩接過鑰匙，去開門上的鎖。

「能打開，是這把。」

「窗戶呢？」

哈利·戴豪斯大步走過去。

「閂著的。」

「借過好嗎？」

白羅趕忙起身，走到窗前，來到戴豪斯身旁。這是一扇長形的法式落地窗。白羅將它打開，站在那裡仔細觀察了一會緊挨著窗戶的一片草地，再把它重新關好。

「我的朋友們，」他說，「我們得打電話報警。不過在他們到來並認定這的確是一起自殺事件之前，現場的東西什麼也不要動。死亡時間只不過發生在一刻鐘以前。」

「我知道，」哈利嗓音嘶啞地說，「我們當時聽見了槍聲。」

「什麼？你說什麼？」

哈利講述了事情的原委，傑福瑞·基恩也幫忙解釋。剛講完，巴林回來了。

白羅把他剛才說過的話重複了一遍。基恩離開去打電話報警，這時，白羅要求與巴林私下談話幾分鐘。

他們走進一間小起居室，哈利也離開去尋找幾位女士了，只有迪格比一個人留在書房門口看守。

「我聽說，您是里徹．羅奇先生的摯友，」白羅開門見山地說道，「這就是我首先找您談話的原因。也許，禮節上，應該和夫人先談，但是現在和她談我覺得不大實際。」

他停了停。

「你知道嗎，目前的情形對我來說很棘手。我就和您直說了吧，我的職業是私家偵探。」

金融家微微一笑。

「沒有必要告訴我這些，白羅先生。您的大名已經家喻戶曉。」

「您過獎了。」白羅欠了欠身說，「我們還是談正事吧。我在倫敦的寓所收到一封這位里徹．羅奇先生寄給我的信。他在信中說他相信有人正準備向他敲詐大筆錢財。由於家庭因素——他是這樣說的——他不願求助於警方，所以希望我能來這裡為他調查此事。於是，我答應了。我來了，但沒有像里徹．羅奇先生希望的那麼快……畢竟，我還有其他事要做，而且，里徹．羅奇先生也並非英格蘭之王，儘管他好像認定自己是。」

巴林不自然地笑了笑。

「他確實那樣認定自己。」

「正是。嗯，您知道⋯⋯從他的信裡可以清清楚楚看出，他真是人們所謂的怪人。他不是神經不正常，而是心理不平衡，對吧？」

「他的自殺應該證明了這一點。」

「噢，先生，自殺不總是心理不平衡的人所採取的行為。這是驗屍陪審團成員的說法，但那只是為了不使活著的人感到太過傷心而已。」

「休伯特不是一個正常人，」巴林堅定地說，「他常常怒不可遏，偏執狂般地以其家族而自豪。他在很多方面都很固執。但倘若撇開這些不提，他還算是個精明的人。」

「說得對極了。他相當精明，所以感覺得出有人在敲詐他。」

「一個人會因為被敲詐而自殺身亡嗎？」巴林問道。

「如您所言，先生，這很荒唐。我得盡快查明此事。由於家庭因素⋯⋯這是他在信中使用的字眼。嗯，先生，您深諳人情世故，應該知道一個人確確實實會為家庭因素而自殺。」

「您的意思是？」

「從表面上看，這位可憐的先生好像隱隱約約查出了什麼，而他又無法面對這件事。可是您明白，我對此負有義務。我已經被聘雇，被委以此任，接受了這一差事。死者不願把他所說的『家庭因素』讓警方知道，所以我得加緊行動。我必須設法了解事實真相。」

「了解真相之後呢？」

「到那時，我就得謹慎行事。我必須盡力而為。」

「我明白。」巴林說。

他默默抽了一會菸，說道：「恐怕我還是幫不了你。休伯特從不向我吐露任何事情，我什麼也不知道。」

「不過您得告訴我，先生，誰可能有機會敲詐這位可憐的老人呢？」

「很難說。當然，莊園也有自己的代理人。他是新來的。」

「代理人？」

「是的。馬歇爾，馬歇爾上尉，人很不錯。在戰爭中失去了一隻手臂。一年前他來到這裡。我知道休伯特很喜歡他，也信任他。」

「假如是馬歇爾上尉要他的話，就無所謂祕而不宣的家庭因素了。」

「是……是的。」

巴林的遲疑並未逃過白羅的眼睛。

「說吧，先生。我請您老實說吧。」

「說來也許是流言蜚語。」

「我懇求您，告訴我。」

「那麼，好吧，我說。您在客廳裡注意到一位非常動人的年輕女子了嗎？」

「我注意到兩位非常動人的年輕女子。」

「噢，對了，那是艾栩碧小姐，很可愛的一個小女孩，她是第一次來莊園作客，哈利．

戴豪斯請求里徹．羅奇夫人邀請她來的。不，我說的是一個黑膚色的女孩——黛安娜．克利夫。」

「我注意到她了，」白羅說，「我想所有的男人都會注意到她。」

「她是個小惡魔。」巴林脫口而出。「她玩弄方圓二十英里內的每個男人。總有一天會有人殺了她。」

他用手帕擦了擦額頭，絲毫沒有覺察到對方正興致濃厚地注視著他。

「那麼，這位年輕女士是……」

「她是里徹．羅奇的養女。他和妻子沒有小孩，感到失意萬分。他們收養了黛安娜．克利夫，他們的遠房外甥女。休伯特非常喜愛她，視她為掌上明珠。」

「毫無疑問，他不喜歡她結婚？」白羅試探性地問道。

「如果她嫁給合適的人，就另當別論了。」

「那個合適的人就是您，先生？」

巴林驚了一下，臉紅了。

「我從沒說過……」

「噢，不，不！您什麼也沒說過。不過您是，對吧？」

「沒錯，我愛上了她。里徹．羅奇對此也很滿意。在他看來，我很符合他的擇婿標準。」

「那麼小姐本人呢？」

「我告訴過您，她是魔鬼的化身。」

「我明白。她有她自己的娛樂方式，不是嗎？不過馬歇爾上尉和她有什麼關係？」

「噢，她和他經常見面。人們喜歡說東道西，我覺得沒什麼，只不過又一個男人被耍而已。」

白羅點了點頭。

「但試想他們之間有什麼……那麼，也許可以解釋為什麼里徹・羅奇先生想要小心翼翼地處理自家的事情。」

「沒有理由懷疑馬歇爾侵吞莊園主人的錢財吧？」

「唔，當然了，當然了！它也許是一場針對家人的忠誠調查。這位年輕的戴豪斯先生是誰？」

「莊園主的外甥。」

「他有繼承權，對吧？」

「他是莊園主妹妹的兒子。當然他有可能會改成莊園主家族的姓氏……里徹・羅奇沒有後嗣。」

「我明白。」

「儘管這個家族的產業一直由父輩傳給下一代，但實際上並沒有限嗣繼承。我總認為他會把莊園遺贈給妻子，讓其度過有生之年，然後或許轉給黛安娜，條件是她的婚姻必須得到他的贊同。這樣的話，她的丈夫可以繼承這個家族的姓氏。」

「我明白。」白羅說，「您真親切，幫了我大忙，先生。我再請求您最後一件事，好嗎？請向里徹・羅奇夫人說明我告訴您的一切情況，並懇請她答應和我聊一會。」

出乎他所料，門很快就開了，里徹・羅奇夫人走進來，輕輕地靠到一把椅子上。

「巴林先生把一切都告訴我了。」她說，「當然了，我們千萬不能出什麼醜聞。不過我的確感到這是命運的安排，您不這樣認為嗎？我指的是那面鏡子以及其他的事情。」

「您說什麼……鏡子？」

「我一看見它就覺得它是一種象徵，象徵休伯特！這是詛咒呀，您知道。我想古老的家族經常遭受詛咒。休伯特非常古怪，而最近他比以往更加奇怪。」

「請允許我向您冒昧地提一個問題，夫人。您不缺錢吧？」

「錢？我從來沒有想到過錢。」

「您知道人們常說的一句話嗎，夫人？從來不想錢的人往往最需要充裕的錢。」

他輕輕地笑了笑。她沒回答，雙眼茫然無神。

「感謝您，夫人。」他說，隨即結束了談話。

白羅按鈴，迪格比呼之即來。

「我想請你回答幾個問題，」白羅說，「我是一名私家偵探，你主人死前請我來的。」

「偵探！」男管家倒吸口氣。「怎麼回事？」

「請你回答我的問題。關於槍聲……」

他傾聽著男管家的敘述。

「這麼說，當時你們四個人在大廳裡？」

「是的，先生。戴豪斯先生、艾栩碧小姐，還有從客廳出來的基恩先生。」

「其他人在哪裡？」

「其他人，先生？」

「是的，里徹．羅奇夫人，克利夫小姐和巴林先生。」

「里徹．羅奇夫人和巴林先生後來也進了大廳，先生。」

「克利夫小姐呢？」

「我想克利夫小姐在客廳裡，先生。」

白羅又問了男管家幾個問題，最後讓他請克利夫小姐來見他，就把他打發走了。

克利夫小姐立刻就來了。他一邊仔細打量她，一邊在心裡暗暗對照巴林對她的描述。她身著緞質禮服，肩上飾有玫瑰花蕾，看起來真是漂亮極了。

他目不轉睛地注視著她，向她解釋他之所以來里徹莊園的緣由，可是她只露出一種毫不掩飾的驚訝，而沒有任何心神不定的感覺。說起馬歇爾，她覺得他人還不錯，但口氣卻是不冷不熱。提到巴林，她頓時興奮起來。

「那人是個騙子，」她尖刻地說，「我提醒過老爸，可是他不聽，繼續為他的倒楣事業提供資助。」

「小姐，您的……父親死了，您感到難過嗎？」

她凝視著他。

「當然。不過我是個現代女性，您知道，白羅先生。我不會耽溺於哭哭啼啼一類的事情。但我還算是喜歡老爸。當然了，這是他的最好結局。」

「他的最好結局？」

「是的。最近這些日子他本來該被隔離起來。他心裡不斷膨脹著這樣的信念：里徹莊園的最後一位里徹．羅奇先生是個至高無上的萬能者。」

白羅若有所思地點了點頭。

「我明白，我明白，是的，這是精神錯亂的明顯症狀。對了，我可不可以瞧瞧您的小皮包？它很可愛，裡面這些絲質玫瑰花蕾可愛極了。我剛才說到哪兒了？噢，對了，您聽到槍聲了嗎？」

「哦，是的！但是我以為那是汽車的回火聲或者偷獵者的槍聲，諸如此類的聲音。」

「您當時正在客廳裡？」

「不，我在外面的花園裡。」

「我知道了。謝謝您，小姐。我想再見見基恩先生，可以嗎？」

「傑福瑞？我叫他過來。」

基恩走進來，帶著警覺和關切的神色。

「巴林先生轉告了您遠駕而來的原因。我不知道能說些什麼，不過如果我……」

白羅打斷了他。

「我只想搞清一件事，基恩先生。今天晚上就在我們到達書房門口之前，你彎下身撿了一樣東西，那是什麼？」

「我……」基恩差點從椅子上跳起來，但接著又恢復了平靜。「我不知道您這是什麼意思。」他輕描淡寫地說了一句。

「唔，我認為你知道，先生。你跟在我身後，這我知道，然而我的一個朋友總說我後腦勺上長著眼睛。你當時把東西撿起來，放進了燕尾服的右邊口袋。」

一陣沉默。基恩英俊的臉上露出遲疑不決的神情，最後他下了決心。

「請您檢查，白羅先生。」

他說著，身體微微前傾，把衣袋翻了過來。一個菸盒、一條手帕、一片細小的絲質玫瑰花蕾、一個小巧的金質火柴盒。

沉默了一會兒，基恩又說：「其實就是這個。」他隨手拿起火柴盒。「我一定是傍晚時丟的。」

「我認為不是這個東西。」白羅說。

「什麼意思？」

「就這個意思。先生，我是個做事嚴謹、把一切安排得井井有條的人。如果地上有個火柴盒，我會看到並撿起來，這麼大的一個火柴盒，我一定會看見！不，先生，我想它是比火柴盒小得多的什麼東西，或許是，比如說這個。」

他捏起那片小小的絲質玫瑰花蕾。

「它來自克利夫小姐的皮包，我猜得沒錯吧？」

停頓片刻，基恩笑了笑承認了。

「是的，是這樣。她……昨天晚上送給我的。」

「我明白了。」白羅說。

這時，門開了，一個身穿日常西服的高個金髮男子闊步走進房間。

「基恩，這究竟怎麼回事？里徹．羅奇飲彈自盡？天啊，我不相信。這太不可思議了。」

「我替你介紹，」基恩說，「這是赫丘勒．白羅先生。」新來的那位驚了一下。「他會把一切都告訴你。」

說完，他離開房間，砰的一聲把門關上。

「白羅先生，」約翰．馬歇爾急切地說，「我非常非常高興見到您。您來到這裡，也是我的榮幸。里徹．羅奇從沒向我提過您要來。我敬佩您，先生，誠惶誠恐呀！」

一個毫無防備的年輕人，白羅想，其實也不年輕了，因為他雙鬢斑白，滿額皺紋。但他的言談舉止確實讓人感到他像個孩子。

「警方……」

「他們已經到了，先生。一聽到消息，我和警方就隨後趕來了。他們好像對這件事不怎麼驚訝。當然，他死前已經相當瘋癲了，但即使那樣……」

「即使那樣您也為他自殺感到驚訝？」

「坦率地說，是的。我想不到他會自殺，唉，那個里徹．羅奇會認為，一旦世界少了他就不得了了。」

「我聽說他最近在金錢事務上有些麻煩，是嗎？」

馬歇爾點點頭。

「他一直在做投機買賣……是巴林的一個冒險計畫。」

白羅平靜地說：「我不得不開誠布公地與您談談。您有沒有理由認為里徹．羅奇懷疑您在帳上做了手腳呢？」

馬歇爾用一種滑稽困惑的目光盯著白羅。他的表情如此古怪，白羅只得勉強擠出一絲笑容。

「我知道您對我的問話太吃驚了，馬歇爾上尉。」

「是的，的確是的。您的問題很荒唐。」

「啊！換個問題。他有沒有懷疑您企圖搶走他的養女？」

「哦，那麼說，您已經知道我和黛的一些事情？」他尷尬地笑了笑。

「那麼說，這是真的了？」

馬歇爾點點頭。

「可是老人完全蒙在鼓裡，黛不讓我告訴他。我想她是對的。他要是知道了會暴跳如雷，我也會因此丟掉飯碗。一定會這樣。」

「那麼，你們是怎麼打算呢？」

「唔，說實在話，先生，我簡直不知道該怎麼辦。我把難題留給了黛，她說她會處理好。事實上我一直在外面找工作。一旦我找到了，就會辭去這裡的差事。」

「然後小姐也會嫁給您？但是里徹．羅奇先生可能會因此斷絕她的零用錢。黛安娜小姐，我敢說，是很愛錢的。」

馬歇爾聽完這話顯得相當不安。

「我會補償她的，先生。」

傑福瑞．基恩返回房間。

「警方準備離開了，他們想見您，白羅先生。」

「謝謝。我就來。」

書房裡有一位體格健壯的警官和一位法醫。

「白羅先生？」警官說，「久仰，久仰。我是李夫斯警官。」

「您太客氣了，」白羅和他握著手說，「你們不需要我的協助，對吧？」他輕輕地笑了笑。

「現在不需要了，先生。一切都很順利。」

「這麼說，案情十分簡單了？」白羅詢問道。

「沒錯。門窗緊閉，鑰匙擱在死者的口袋裡；死者最後幾天行為乖戾，因而說他自殺是無庸置疑的。」

「一切都那麼……順理成章？」

法醫嘟囔了兩句。

「死者原來坐著的姿勢一定非常奇特，子彈才會正好射中鏡子。可是自殺本來就是反常的行為。」

「你們找到子彈了？」

「是的，在這兒。」醫生把子彈拿出來。「靠近牆邊，在鏡子下面。手槍是羅奇先生本人的，一直放在桌子抽屜裡。也許這一切的背後還隱藏著什麼，但我們永遠不會知道了。」

白羅點了點頭。

屍體已經被移到一間臥室。警方準備告辭了。白羅站在前門目送他們離去。他聽到聲音轉過身來，哈利·戴豪斯緊隨其後。

「你可不可以弄來一支強力手電筒，我的朋友？」

「是的，我找來給您。」

他拿著手電筒返回來時，瓊・艾栩碧跟著他。

「你們如果願意，可以跟我一起來。」白羅親切地對他們說。

他們走出前門，往右拐，在書房的窗戶前面停下腳步。在窗戶和小徑中間有一塊大約六英尺寬的草坪。白羅彎下腰，用手電筒在草坪上照來照去，隨後直起身搖了搖頭。

「不，」他說，「不是這兒。」

又過了一會兒，他停下來，身體漸漸僵住了。草坪的兩側培植著厚厚的花床。白羅的注意力集中在右邊的花壇，上面開滿了米迦勒雛菊和大麗花。他將手電筒照向花壇的前部。鬆軟的土壤上清晰地印著腳印。

「總共四隻腳印。」白羅咕噥道，「兩隻朝向窗戶，兩隻背向窗戶。」

「園丁的？」瓊猜測道。

「噢不，小姐，不是的。睜大眼睛看清楚。這雙鞋小巧玲瓏，又是高跟鞋，所以顯然是女人的鞋子。黛安娜小姐曾提起她到過花園。您知道您下樓前她下樓了嗎，小姐？」

瓊搖搖頭。

「我記不清了。鑼聲響的時候，我太著急了，以為銅鑼早就響過一次。我好像真的有印象，我經過時，她的房門開著，可是我不敢肯定。里徹・羅奇夫人的房門關著，我知道。」

「我明白了。」白羅說。

他的聲音裡透出一種特別的語氣，哈利聽到後猛地抬起頭來，但是白羅獨自靜靜地皺著眉頭。

他們到門口時碰上了黛安娜·克利夫。

「警方已經走了，」她說，「一切都……結束了。」

她深深地嘆了一口氣。

「我可以和您談一會兒嗎，小姐？」

白羅跟著她走進起居室，把門掩上。

「什麼事？」她有些愕然。

「一個小問題，小姐。今天傍晚您什麼時候去過書房窗外的花壇？」

「是的，」她點點頭。「七點左右去過一次，晚飯前又去了一次。」

「我不明白。」他說。

「您說不明白，我不知道有什麼需要『明白』的。」她冷冰冰地說，「我去採摘米迦勒雛菊，用來擺在餐桌上。餐桌上的花一向由我張羅。那時大概七點。」

「後來，後來呢？」

「噢，之後啊！其實，我把髮油沾到衣服上了……就在這兒，肩膀上。當時我正準備下樓，我不想再換衣服了。我記得在花壇裡有朵遲開的玫瑰尚在含苞待放，就跑過去，摘下來，別在這兒。瞧……」

她靠近他，掀起玫瑰花蕾。白羅看見一點極小的油漬。她和他挨得很近，他們的肩膀幾乎碰到一起。

「當時是幾點？」

「噢，八點十分左右，我想。」

「您有沒有……試圖爬窗戶？」

「我試了，沒錯。我想，從窗戶爬進去要快一些。可是窗戶閂死了。」

「我明白了。」白羅深吸了一口氣。「那麼槍聲呢，」他說，「您聽到槍聲時人在哪兒？還在花壇那兒？」

「哦，不。槍響是在兩三分鐘之後發生的，我從側門剛要進來。」

「您知道這是什麼嗎，小姐？」

他的手掌上托著那片細小的絲質玫瑰花蕾。她冷冷地瞧著。

「看起來像是從我的小提包裡掉出來的。您在哪兒找到的？」

「在基恩先生的口袋裡。」白羅不動聲色地說，「是您送給他的嗎，小姐？」

「是他告訴您我送給他的嗎？」

白羅笑了。

「您什麼時候給他的，小姐？」

「昨天晚上。」

「是他警告您這麼說的嗎，小姐？」

「什麼意思？」她面帶慍色地問。

但是，白羅沒有回答。他大步走出起居室，進入客廳。巴林、基恩和馬歇爾都在那裡。他徑直走向他們。

「先生們，」他粗魯地說，「請隨我去書房。」

經過大廳時，他對瓊和哈利說：「請你們也上來。還有，哪一位去請夫人過來？謝謝。啊！了不起的迪格比來了。迪格比，回答我一個小問題，一個非常重要的小問題：克利夫小姐晚飯前曾去擺放米迦勒雛菊嗎？」

男管家一臉困惑。

「是的，先生，她是那樣做了。」

「你確定嗎？」

「非常確定，先生。」

「很好。現在，你們所有的人都跟我來。」

在書房裡，他面對著他們。

「我請你們來這裡，是有原因的。案子了結了，警方來了又走了。他們斷定里徹．羅奇先生是自殺身亡。所以一切都結束了。」他頓了頓。「但是我，赫丘勒．白羅，我要告訴你們，事情並未了結。」

眾人用驚訝的目光看著他。這時，門開了，里徹．羅奇夫人緩緩地走進來。

「夫人，我剛才說，事情還未了結。這涉及到心理學方面的問題。里徹·羅奇先生得的是『自大躁狂症』，他認為自己是國王。這樣的人不會自殺。不，不，他也許會發瘋，但不會自殺。里徹·羅奇先生沒有自殺。」他停了停。「這是他殺。」

「他殺？」馬歇爾哈哈一笑。「獨自一人待在房間裡，門窗緊閉，怎麼可能是他殺？」

「儘管如此，」他執拗地說，「他還是被人槍殺了。」

「然後他又站起來，鎖好門、關好窗，是嗎？」黛安娜挖苦道。

「我讓你們看一樣東西。」

白羅說著，走到窗前。他旋動法式落地窗的把手，隨後輕輕地拉開。

「你們瞧，窗戶開了。現在我關上它們，但我不旋動把手。現在窗戶關著，可是沒有門死。看！」

他猛地擊了一下窗戶，把手旋動了，插銷一下子落進插孔。

「看清楚了嗎？」白羅輕輕地說，「把手很鬆。從窗外就可以很容易地把插銷插上。」

他轉過身來，表情嚴肅。

「八點十二分槍響的時候，四個人在大廳裡，四個人有不在現場的可信證據。另外三個人在哪裡？您，夫人？在自己的房間裡。巴林先生，您呢？您也在自己的房間裡嗎？」

「是的。」

「還有您，小姐，在花園裡。您已經承認過了。」

「我不明白……」黛安娜開口辯解道。

「等一等。」他轉向里徹．羅奇夫人。「請告訴我，夫人，您了解您的丈夫是如何分配遺產的嗎？」

「休伯特給我讀過他的遺囑，他說我應該知道。他讓我享用每年三千英鎊的莊園收入，另外留給我這棟莊園或者鎮上的別墅，隨我喜歡。其他所有的家產都歸黛安娜，條件是如果她結婚，她的丈夫必須更改為家族的姓氏。」

「啊！」

「不過後來他又增加了一個遺囑附件，那是在幾個星期之前。」

「怎麼說，夫人？」

「他仍然把一切家產遺贈給黛安娜，但條件是她必須和巴林先生結婚。假如她嫁給其他人，家產就全部轉歸他的外甥哈利．戴豪斯所有。」

「但是，遺囑附件只是在幾週前才擬定出來的，」白羅呵呵一笑。「小姐也許對此一無所知。」他向前邁上一步，用指責的口氣說，「黛安娜小姐，您是不是想嫁給馬歇爾上尉？或者基恩先生？」

她徑直走向馬歇爾，用自己的手臂挽住上尉健壯的臂膀。

「說下去。」她說道。

「情況對您很不利，小姐。您愛馬歇爾上尉，您也愛錢。您的養父無論如何不會同意您和馬歇爾上尉結婚，可是一旦他死了，您就有把握得到一切。於是，您進入花園，穿過花壇走到開著的窗戶外面。您隨身帶著事先從書桌抽屜裡拿走的手槍。您越過窗戶，一邊與受害者親密的講著話，一邊接近了他。您開槍了。您擦了擦槍，把它丟在他手邊，然後將他的指紋留在槍上。您又從窗戶跳出來，振動窗戶，直到插鞘落下。最後您回到大廳。事情的經過是不是這樣？我在問您，小姐？」

「不，」黛安娜尖叫道，「不，不！」

他看了她一眼，然後笑了。

「不，」他說，「事實並不是這麼回事。事情可能如此演變，這很合情合理，是可能發生的，但它不是那麼回事，這有兩方面的原因。第一，您在七點去摘米迦勒雛菊；另外一個因素來自這位小姐向我講述的事情。」

他轉眼看了看瓊，瓊疑惑不解地注視著他。他點點頭以示鼓勵。

「是真的，小姐。您告訴我您急急忙忙地下樓，是因為您以為自己聽到的是第二聲鑼響，第一聲早就響過了。」

他迅速地掃視了一眼房裡所有的人。

「你們不明白這是什麼意思？」他大聲說道，「你們不明白。瞧！瞧！」他快步走到受害者坐過的椅子旁邊，「你們注意到死者的姿勢了嗎？他不是正對著桌子坐著，不，而是側身而坐，面朝窗戶。那是自殺時的自然姿勢嗎？不是，絕不是！試想一下，當事人在一張紙上寫下『對不起』，然後打開抽屜，拿出手槍指向自己的腦袋，扣動扳機。自殺時的情形應該是這樣。但是現在考慮一下謀殺！受害者坐在桌旁，凶手站在他身邊，講著話。他一邊繼續講話，一邊扣動扳機。那麼子彈射到哪裡去了？」他喘了口氣。「子彈直接打穿了死者的腦殼，穿門而過——倘若房門開著——擊中了銅鑼。

「哈！你們開始明白了？這就是第一次鑼響，只有小姐一個人聽見了，因為她的房間就在上面。

「我們的凶手下一步做什麼呢？關上門，鎖好，把鑰匙放進死者的口袋裡，然後挪動椅子上的屍體使它側坐著，再把死者的指紋印在槍身上，隨後又把槍扔在他身邊，並弄碎牆上的鏡子以作為最後一項掩人耳目的妝點。簡而言之，凶手『安排』了他的自殺。偽裝好現場後，從窗戶跳出去，振動把手使插銷插到底。凶手沒有踩在草坪上，那樣的話會顯出腳印來；他踩在花壇上，因為他可以輕易地抹平上面的腳印，不留下任何痕跡。然後他回到房子裡。八點十二分他一個人在客廳的時候，又用一把軍用左輪手槍朝窗外開了一槍，接著迅速走進大廳。您是這樣做的嗎，傑福瑞．基恩先生？」

祕書出神地瞪著走近他的指控者。不久，他「咕地」叫了一聲，暈倒在地。

「我覺得案子現在可以了結了。」白羅說，「馬歇爾上尉，請您打電話報警。」他俯身看看趴在地上的祕書。「我想警方趕來的時候，他仍會昏迷不醒。」

「傑福瑞．基恩，」黛安娜嘟囔著，「他這樣做有什麼動機呢？」

「我覺得身為祕書，他有相當多的機會……帳本、支票等。不知是什麼引起了里徹・羅奇先生的猜疑，他就把我請來了。」

「為什麼請您來？為什麼不請警方？」

「我認為，小姐，您可以回答這個問題。老先生懷疑您和那個年輕人之間有什麼曖昧。為了把他的注意力從馬歇爾上尉身上轉移開，您絲毫不顧臉面地和基恩先生打情罵俏。這是真的，您不必否認！基恩先生聽到我要來的風聲，馬上行動起來。他整個陰謀的核心是，必須讓人們誤以為謀殺發生在八點十二分，因為他那時有堅實的不在場證明。他唯一擔心的是子彈，它一定留在銅鑼附近，而他當時已經沒有時間把它撿回來。在我們大家去書房的路上，他才把子彈撿了起來。當時氣氛很緊張，他以為沒有人會注意到。可是我，卻把一切都看在眼裡！我質問他。他想了一會，耍了一個可笑的把戲！他說他撿起的是那片絲質玫瑰花蕾。他扮演了一個保護心愛女人的熱戀青年。噢，整個過程都非常巧妙。而且，假如您沒有去花園採摘米迦勒雛菊……」

「我不明白這與案情有什麼關係。」

「您不明白？聽著……花壇裡只有四個腳印，可是您摘花時留下的必定遠遠不止這些。所以，在你摘米迦勒雛菊之後到來摘玫瑰花蕾之前這段期間，一定有人抹平了花壇裡的腳印。這個人不是園丁，沒有哪個園丁七點之後還在勞動。那麼他一定就是有罪的人，一定是凶手，而且凶殺發生在你們聽見槍響之前。」

「可是為什麼沒有人聽見真正的槍聲？」哈利問。

「凶手用了消音器。他們會找到扔在灌木叢中的消音器和左輪手槍。」

「太冒險了！」

「怎麼會冒險呢？人人都在樓上整理衣服準備就餐，這是絕好的機會。唯一尷尬的環節就是子彈，即使如此，如他所認為，也處理得很好。」

白羅撿起子彈。

「我和戴豪斯先生一起查看窗戶的時候，他把它丟在鏡子下面。」

「噢！」黛安娜偎著馬歇爾扭來扭去。「娶我吧，約翰，把我帶走。」

巴林咳了一聲，「我親愛的黛安娜，按照我朋友遺囑裡的條款……」

「我不在乎，」女孩大聲喊道，「我們可以當街頭畫家。」

「沒有必要那樣做，」哈利說，「我們可以平分遺產，黛。我不會把一切都據為己有，舅舅生前因為神經有些錯亂，做出的是不理智的決定。」

突然，里徹．羅奇夫人霍地站起身來，喊了一聲。

「白羅先生，鏡子，他……他一定是故意打碎的。」

「是的，夫人。」

「噢！」她凝視著他。「可是打碎鏡子是不祥的兆頭。」

「對傑福瑞．基恩先生來說，它的確很不祥。」白羅愉快地說。

03

黄色鳶尾花

Problem at Pollensa Bay

本篇故事於一九三七年首次刊登於英國《河岸雜誌》。後來擴寫為一部長篇小說，更名為《魂縈舊恨》，於一九四五年出版。但主角已非赫丘勒．白羅。

赫丘勒．白羅把腳伸向嵌在牆壁裡的電暖爐。熾紅的電爐絲勻整地交織在一起，使講究條理的他感到非常滿意。

「炭火，」他若有所思地自言自語道，「總是那麼飄忽不定，永遠無法達到如此和諧的境地。」

電話鈴響了。白羅站起身，看了看錶，將近十一點半了。他不知道這麼晚了誰還會打電話給他。當然了，有可能是別人撥錯了號碼。

「也可能，」他古怪地一笑，咕噥著對自己說，「是一個腰纏萬貫的報業老闆，被人發現死在自己鄉下別墅的書房裡，左手緊握一束血跡斑斑的蘭花，胸前用別針別著從烹飪書裡撕下來的一頁食譜。」

他為自己不著邊際的幻想得意地笑了，並拿起話筒。

話筒裡立刻傳來一個聲音，一個柔和而沙啞的女人聲音，絕望又急切。

「是赫丘勒．白羅先生嗎？是赫丘勒．白羅先生嗎？」

「我是赫丘勒．白羅，請講。」

「白羅先生，您能不能馬上來，馬上。我有危險，相當危險，我知道……」

白羅急忙問：「你是誰？從哪裡打來的電話？」

話筒裡的聲音更加微弱，卻更加急迫。

「馬上，生死攸關……『天鵝花園』，馬上，擺有黃色鳶尾花的桌子……」

對方安靜了一會，接著又是一聲奇怪的喘息，電話斷了。

赫丘勒．白羅掛上電話。他滿臉狐疑，喃喃自語道：「這件事真奇怪。」

§

來到天鵝花園門口，胖子盧基趕忙迎上來。

「晚安，白羅先生。您找座位嗎？」

「不，不，我好心的盧基。我來這裡找幾個朋友。我隨便看看，他們也許還沒來。哈，我看到角落那裡有張擺著黃色鳶尾花的桌子──順便問個小問題，如果不算冒犯的話──其他桌子上都是鬱金香，粉紅色鬱金香，為什麼唯獨在那張桌上擺著黃色鳶尾花？」

盧基誇張地聳了聳肩。

「一項命令，先生！一項特殊的命令！毫無疑問，某位女士必定非常喜愛那種花。那張桌子是巴頓．羅素先生預訂的，一個美國人，相當富有。」

「啊哈，男人必須了解女人任性的要求，對吧，盧基？」

「先生說得對。」盧基說。

「我看見那張桌子上有我的一個熟人，我得過去和他打個招呼。」

白羅小心地繞著情侶們翩翩起舞的舞池邊緣往前走。

他說的那張桌子擺有六套食具，可是桌旁只坐著一位年輕人，喝著香檳，滿腹心事的樣子，似乎還很悲觀。

他不是白羅希望見到的人。把危險的境遇或者聳人聽聞的事件與東尼·查普爾之流聯繫在一起，似乎不可思議。

白羅走到桌旁停下腳步，姿態優雅。

「啊，這不是我的朋友安東尼·查普爾嗎？」

「真是太妙了……白羅，你這隻警犬！」年輕人大聲喊道，「別叫我安東尼，老小子，對朋友來說我叫東尼！」

他拉出一把椅子。

「來，和我坐在一起。我們談談犯罪！深入地談一談，並且為犯罪乾一杯。」他拿起一個空酒杯，把香檳倒進去。「不過你到這個大家唱歌跳舞玩樂的地方來幹什麼，我親愛的白羅？我們這裡沒有屍體，也沒有屍體可以提供給你。」

白羅啜了一口香檳。

「親愛的朋友，你看起來好像很快活。」

「快活？整日沉湎於悲苦和憂鬱之中，談什麼快活！告訴我，你聽到他們在演奏的曲子是什麼嗎？」

白羅大膽又謹慎地回答：「也許和你的戀人離去有關？」

「還不算離譜，」年輕人說，「不過這次你猜錯了。『沒有什麼像愛一樣使人苦惱！』這才是樂曲的名字。」

「啊？」

「我最喜歡的曲子，」東尼．查普爾悲哀地說，「我最喜歡的飯店，我最喜歡的樂隊……還有，我最喜歡的女孩也在這裡，她正和別人一起跳舞。」

「因此便多愁善感起來？」白羅問。

「的確如此。寶玲和我經常吵嘴。也就是說，我說十個字，她就給我對上九十五個字。我說的十個字是：『可是，親愛的，我可以解釋。』然後，她開始滔滔不絕地重複她的九十五個字，於是我們就談不下去了。我真想，」東尼傷心地加了一句：「毒死自己。」

「寶玲？」白羅輕輕地說。

「寶玲．衛瑟碧。巴頓．羅素的小姨子，年輕、可愛、非常有錢。今天晚上巴頓．羅素在此舉行宴會。你認識他嗎？美國的一個商界大亨，臉修得乾乾淨淨，精力充沛，個性鮮明。他妻子是寶玲的姐姐。」

「今晚的宴會上還有誰？」

「等會兒音樂停止時你就會見到他們。蘿拉．華德斯，你認識的，最近在大都會劇院表演的南美舞蹈家。還有史帝芬．卡特。你認識卡特嗎？他在外交部工作，整天神祕兮兮的。人們都叫他沉默的史帝芬。他是那種說『我無權評論，等等等等』的人。哦，他們來了。」

白羅站起身來。東尼向他介紹巴頓．羅素、史帝芬．卡特、蘿拉．華德斯小姐……一個性感黝黑的女孩、寶玲．衛瑟碧，她很年輕，皮膚非常白皙，眼睛如矢車菊一樣的藍。

巴頓．羅素說：「哇，您就是偉大的赫丘勒．白羅先生嗎？見到您我真高興，先生。您不坐下來和我們一塊聊聊嗎？坐下吧，除非……」

東尼．查普爾插話道：「我相信，他與一具屍體有個約會；或者是和攜款潛逃的金融家、波里布拉加酋長的大紅寶石？」

「唔，我的朋友，你以為我永遠都不下班嗎？難道我就不能讓自己輕鬆一下嗎？」

「或許你和這兒的卡特有約吧。聯合國最近透露，國際局勢又趨緊張。一堆失竊的計畫書務必尋回，否則明日即將宣戰！」

寶玲．衛瑟碧尖刻地說：「你非要讓自己出糗嗎，東尼？」

「對不起，寶玲。」

東尼．查普爾低下頭不再說話。

「您太嚴厲了，小姐。」

「我討厭老愛扮小丑的人！」

「我一定會小心，我明白。我就只談嚴肅的話題。」

「噢，不，白羅先生。我指的不是您。」

她轉過臉，投給他一個微笑，問道：「您是不是真的像福爾摩斯那樣，能夠進行奇妙的推理？」

「唔，推理嘛，現實生活中並非那麼容易，不過我可以試一下。嗯……我猜黃色鳶尾花是您最喜歡的花，對吧？」

「一點也不對，白羅先生。我最喜歡的花是山谷裡的百合或者玫瑰。」

白羅嘆了口氣。

「推理失敗。我再試一次。今天晚上，不久之前，您給某人打過電話。」

寶玲笑了，拍起手來。

「完全正確。」

「你到這裡不久之後就打了？」

「又對了。我一進門就打了。」

「噢，聽起來不太妙。您是走到這張桌子之前打的電話？」

「是的。」

「太糟了。」

「噢，不，我覺得您很聰明。您怎麼知道我打了電話？」

「小姐，這可是大偵探的祕密。還有，您打電話的那個人，他的名字是不是以字母『P』或者『H』開頭的[3]？」

寶玲笑出了聲。

「錯了。我打電話給我的女傭，讓她替我郵寄幾封我一直沒有寄出的重要信件。她的名字叫露易絲。」

「我被搞糊塗了，確實被弄糊塗了。」

音樂又響了起來。

「我們來跳這首曲子如何，寶玲？」東尼問。

「我不想這麼快又上去跳舞，東尼。」

「我好慘，是不是？」東尼用酸楚的口氣對在場的人們說。

白羅和坐在他另一側的南美女孩竊竊私語。「小姐，我不敢請您和我跳舞。我已經是個老古董。」

蘿拉·華德斯說：「噢，您真是胡說八道！您稜然很年輕，您的頭髮海系很黑！」

白羅微微退縮。

「寶玲，身為你的姐夫和監護人，」巴頓·羅素口氣嚴厲地說，「我準備強拉你上去跳舞。這是一曲華爾滋，我只會跳華爾滋。」

「哎呀，當然可以了，巴頓，我們這就下舞池。」

「好女孩，寶玲，你太好了。」

他們一起離開了座位。東尼把椅子向後靠了靠，看著史帝芬．卡特。

「你是一個愛說話的小傢伙，不是嗎，卡特？」他說，「你悅耳的饒舌聲有助於宴會進行下去……呃，什麼？」

「說真的，查普爾，我不知道你說這話什麼意思？」

「噢，你不知道，你不知道？」東尼模仿卡特的聲音。

「好兄弟啊。」

「喝酒，老兄，喝酒，如果你不想聊天的話。」

「不了，謝謝。」

「那我就喝了。」

史帝芬．卡特聳了聳肩。

「不好意思，我得到那邊和一個熟人打個招呼，我在伊頓公學的同學。」

史帝芬．卡特站起身，朝隔著幾個座位外的一張桌子走去。

東尼鬱鬱不歡地說：「伊頓公學的學生在出生受洗時就該統統淹死。」

3 赫丘勒．白羅的姓名字首為ＨＰ。

赫丘勒·白羅對他身邊的黑美人繼續獻著殷勤。

他輕聲細語地說：「不知道我可不可以問您，小姐，您最喜歡什麼花？」

「啊，您為什麼想問介個問題？」

蘿拉顯得很調皮。

「小姐，如果我送花給一位女士，我會非常講究送的花應該是她所喜愛的。」

「您真系太可愛了，白羅先生。我可以告續您，我喜歡大大的深紅色康乃馨，或者深紅色玫瑰。」

「好極了，是的，好極了！那麼說，您不喜歡黃色的鳶尾花？」

「黃顏色的花？不，它們和我的氣質不符。」

「多麼明智……告訴我，小姐，今天晚上您到這裡之後和朋友通過電話嗎？」

「我？和朋友通電話？不，多麼奇怪的問題！」

「啊，我……我是一個很好奇的人。」

「我相信您系。」她對他轉了轉黑眼珠。「一個揮長危險的人。」

「不，不，我不危險，我只是個在危險時刻派得上用場的人！您明白嗎？」

蘿拉咯咯一笑，露出兩排整潔的牙齒。

「不，不，」她笑道，「您系危險人物。」

赫丘勒·白羅嘆息了一聲。

「我知道您不會明白。這一切太怪異了。」

東尼從恍惚中醒過來，突然說：「蘿拉，跳一曲或喝一杯怎麼樣？來吧。」

「好的，我具來，既然白羅先生不系那麼勇敢！」

東尼伸手摟著她，一邊滑進舞池，一邊扭過頭對白羅說：「你可以認真思考即將發生的案件，老兄！」

白羅應道：「你說得很深奧。是的，很深奧……」

他坐在那裡沉思了一兩分鐘，然後舉起一個手指。盧基很快走過來，他寬闊的義大利面孔上堆滿了笑容。

「我的老朋友，」白羅說，「我需要了解一些情況。」

「隨時為您效勞，先生。」

「我想知道這張桌子的客人今晚有誰打過電話？」

「這我可以告訴您，先生。那位穿白衣服的小姐一到這裡就打了個電話。然後她去衣帽間脫掉斗篷，另外那位女士則從衣帽間走出來進了電話亭。」

「那麼說，這位南美女士也打電話了。是在她進入飯店之前嗎？」

「是的，先生。」

「還有別人嗎？」

「沒有了，先生。」

「所有這些情況，盧基，可以讓我的大腦熱鬧一番了！」

「的確，先生。」

「是的。我覺得，盧基，今天這個晚上，我必須保持清醒的頭腦！要出事了，盧基，而我一點也不清楚究竟會出什麼事。」

「我將盡力協助您，先生……」

白羅示意了一下，盧基悄悄地溜走了。

史帝芬·卡特回到桌旁。

「仍然沒人理會我們，卡特先生。」

「噢，呃，一點也沒錯。」卡特說。

「你和巴頓·羅素先生熟嗎？」

「是的，我認識他很久了。」

「他的小姨子，嬌小的衛瑟碧小姐很有魅力。」

「是的，很漂亮的女孩。」

「你和她也很熟嗎？」

「很熟。」

「唔，很熟，很熟。」白羅似在自言自語。

卡特注視著他。

音樂停止，其他人陸續回來了。

巴頓．羅素對一個侍者說：「再來一瓶香檳，快點。」

接著他舉起自己的酒杯。

「請注意，各位。我想請諸位乾一杯。說實話，舉辦今晚這個小型宴會，我有特別的用意。大家知道，我訂的是六人桌，但我們只有五個人，這樣就空出了一個位子。後來，一個非常奇怪的巧合發生，赫丘勒．白羅先生碰巧路過，我就請他加入了。

「你們還不知道這個巧合來得多麼恰當。你們看見了，今晚那個空位子代表一位女士，這個宴會就是為紀念她而舉行的。這個宴會，女士們先生們，是為了紀念我親愛的妻子愛麗絲[4]而舉行的，愛麗絲正是四年前的今天死去的！」

桌子周圍的人都驚訝地騷動起來。

巴頓．羅素面色平靜，無動於衷地舉起酒杯。

「請大家為她乾一杯。愛麗絲！」

「鳶尾花？」白羅突然重複了一句。

他看了看桌上的花。

4　愛麗絲的英文是 Iris，本義是「鳶尾花」。

巴頓·羅素瞟了他一眼，輕輕地點點頭。
桌子周圍的人們低聲重複著：「愛麗絲，愛麗絲……」
每個人都顯得驚愕不安。
巴頓·羅素繼續用緩慢的、單調的美國口音講下去，句句沉重有力。
「我用這種方式——在高級飯店舉行晚宴——紀念死者的祭日，這對你們大家來說也許覺得有些奇怪。但是我這樣做是有原因的，是的，是有原因的。為使白羅先生充分明白，我在這裡解釋一下。」
他轉過頭來面向白羅。
「四年前的這個晚上，白羅先生，我在紐約舉行了一次晚宴。宴會上有我和我的妻子，被派往華盛頓大使館工作的史帝芬·卡特，在我們家已經逗留幾個星期的客人安東尼·查普爾，還有華德斯小姐，她的舞姿當時風靡紐約市。還有小寶玲，」他拍拍她的肩膀。「當時只有十六歲，她是以特殊嘉賓身分參加晚宴的。你還記得嗎，寶玲？」
「是的，我記得。」她的聲音有點顫抖。
「白羅先生，那天晚上發生了一場悲劇。鼓樂隆隆響起，歌舞表演開始。所有的燈光都暗了下來，只有舞池中央的聚光燈閃爍不停。燈光重新又亮起的時候，白羅先生，我們看見我的妻子趴在桌子上。她死了，確確實實死了。在她酒杯的殘餘物裡發現了氰化鉀，從她的手提包裡則找到了剩下的半盒毒藥。」

「她自殺了？」白羅問。

「大家普遍這麼認為……我被弄得心煩意亂，白羅先生。她之所以這樣做，或許有些什麼理由，這就是警方的結論。我接受了他們的裁定。」

他突然敲打著桌子。

「可是我不甘心……不甘心！四年了，我一直在苦苦思索，到現在還不願放棄。我相信愛麗絲不會自殺。我相信，白羅先生，她是被謀殺的，被這張桌上的某個人謀殺的。」

「聽著，先生……」

東尼．查普爾差點跳了起來。

「安靜一下，東尼，」羅素說，「我還沒說完。是他們其中一個人幹的，我現在對此確信不疑。其中的某個人，在黑暗的掩護下，把剩下的半盒氰化物偷偷塞進她的提包裡。我想我知道是誰。我決心要了解實情……」

蘿拉尖叫道：「你瘋了，花瘋了……誰會傷害她呢？不，你瘋了。我，我要離開……」

她的話聲戛然而止。鼓樂聲隆隆響起。

巴頓．羅素說：「歌舞表演又開始了。之後我們將繼續這個話題。大家都不要動，任何人都不准離開。我得去和樂隊交代一聲，我事先和他們有所安排。」

他站起身離開了桌子。

「太匪夷所思了，」卡特發表議論。「這人發瘋了。」

「沒錯，他系花瘋了。」蘿拉說。

燈光暗了下來。

「再喝兩杯，我就閃人了。」東尼說。

「不！」寶玲急切地說。接著，她喃喃道：「噢，天哪……噢，天哪……」

「怎麼了，小姐？」白羅小聲地問。

她把聲音壓得低低地答道：「太可怕了！這和那天晚上的情景極其相似……」

「噓，噓！」幾個人同時說。

白羅放低聲音。

「把耳朵湊過來，」他對她耳語了一句什麼，隨後拍拍她的肩膀。「一切都會順利的。」

他向她保證。

「天哪，聽！」蘿拉喊道。

「是什麼，小姐？」

「這是同一首曲子，和他們那天晚上在紐約演奏的曲子一模一樣。這一定是巴頓．羅素安排的。我不喜歡這種氛圍。」

「勇敢些，勇敢些。」

又有人「噓」了一聲。

一個女孩走到舞池的中央。

她皮膚黝黑，眼珠靈活，牙齒潔白光亮。她開始用低沉、沙啞、奇特又感人的嗓音唱起來。

我已經忘了你
永不再記起你
你走路的姿態
你說話的模樣
你往日常提的話題
我已經忘了你
永不再記起你
直至今日我依然無法肯定
你的眸子是藍抑灰
我已經忘了你
永不再記起你
我完了
想念著你
我告訴你我完了

想念著你……

你……你……你……

嗚咽的曲調，黑人女孩渾厚洪亮的嗓音，產生了強烈的效果。它像施了魔咒般使聽眾著迷，甚至侍者也體味到它誘人的魅力。大廳裡的人都注視著她，沉醉在她凝重、深厚、充溢著感情的歌聲之中。

一個侍者嘴裡低聲嘟囔著「香檳」，踏著輕盈的步子，圍著桌子為每一個人添酒。然而人們的注意力都投向閃爍不定的聚光燈，祖先源於非洲的黑人女孩用深沉的嗓音唱道：

我已經忘了你
永不再記起你
噢，多麼美麗的謊言
我會想你，想你，想你
直至我命入黃泉……

掌聲雷動。

燈亮了。巴頓．羅素踅回來溜進自己的位子。

「她真了不起，那個女孩……」東尼激動地說。

然而，他的話被蘿拉低沉的叫聲打斷。

「看……看……」

話音未落，大家都已經看見了……

寶玲．衛瑟碧俯身倒在桌子上。

蘿拉喊道：「她死了，就像愛麗絲一樣，像愛麗絲在紐約一樣。」

白羅從座位上霍地站起來，示意其他人向後靠。他彎下身查看她蜷成一團的身體，輕輕地抓起她一隻垂下的手，摸了一下脈搏。

他面色蒼白、嚴峻。其他人注視著他，呆若木雞，神情恍惚。

慢慢地，白羅點了點頭。

「是的，她死了，可憐的小女孩。而我就坐在她身邊！啊！但這次凶手逃脫不了了。」

巴頓．羅素臉色灰白，喃喃自語道：「就像愛麗絲一樣……她看到什麼，寶玲那天晚上看到什麼。只有她有懷疑，她告訴過我她懷疑……我們必須報警……噢，天哪，小寶玲。」

白羅問：「她的杯子在哪裡？」他把它舉向鼻子嗅了嗅。「是的，我聞到了氰化物的味道，一種類似苦杏仁的味道。同一種方式，同一種化學藥品……」

他拿起她的手提包。

「我們檢查一下她的皮包。」

巴頓·羅素帶著哭腔喊道：「你不會相信她也是自殺吧？你不會的。」

「等一等，」白羅用命令的口氣說，「不，皮包裡沒有什麼藥物。大家知道，燈光很快就會再亮起來，凶手做案的時間並不充分，因此，藥物還在他身上。」

「或者她身上。」卡特說。

他瞧著蘿拉·華德斯。

她厲聲反駁：「你什麼意思？你說什麼？我殺了她……不系的，不系的……我為什麼要做這種事！」

「在紐約時你就非常迷戀巴頓·羅素，這是我聽到的小道消息。眾所周知，阿根廷的美女出了名的愛嫉妒。」

她開始說西班牙語。

「真系一派胡言。我並非阿根廷人，我來自祕魯。噢，我真想啐你一口。我……」

「請大家安靜，」白羅喊道，「該我說了。」

巴頓·羅素語氣沉重地說：「每個人都得搜身。」

白羅冷靜地說：「不，不必。」

「您這是什麼意思，不必？」

「我，赫丘勒·白羅，知道答案。我是用大腦觀察、了解事物的。我等一下會說明！卡特先生，您可以給我們看看您胸前口袋裡的盒子嗎？」

「我口袋裡什麼也沒有。少來了……」

「東尼，我的好朋友，你是不是樂意幫我？」

卡特大聲叫道：「該死！」

卡特還沒來得及為自己辯護，東尼就俐落地把盒子搜了出來。

「給你，白羅先生，你說得真準！」

「真是天大的謊言！」卡特喊道。

白羅接過盒子，看了看標籤。

「氰化鉀。事情弄清楚了。」

巴頓．羅素的語氣非常沉重。

「卡特！我一直在懷疑你。愛麗絲愛你，她想和你私奔。你考慮到自己寶貴的事業，不想丟人現眼，就毒死了她。你為此一定要上絞刑架，你這狗東西。」

「安靜！」白羅突然厲聲說，聲音堅定而有威懾力。「事情還沒結束。我，赫丘勒．白羅，有些話要對大家說。我的這個朋友，東尼．查普爾，在我剛到這裡的時候就對我說，我是為查案而來的。他說對了一半。我腦子裡的確知道有人準備伺機做案，而我正是為預防案件發生而來。我成功了。凶手計畫得很周密，但赫丘勒．白羅卻提前行動了一步。他不得不迅速思考，燈光暗下來時不得不火速地對小姐耳語一聲。寶玲小姐很聰明，反應很快，她的角色演得棒極了。小姐，請您向大家證明您還沒有死，好嗎？」

寶玲坐了起來，不好意思地笑了笑。

「寶玲復活。」她自嘲說。

「寶玲，親愛的。」

「東尼！」

「我的甜心！」

「安琪兒。」

巴頓·羅素倒吸了一口涼氣。

「我……我不明白……」

「我會協助您弄明白，巴頓·羅素先生。您的計畫流產了。」

「我的計畫？」

「是的，您的計畫。黑暗中唯獨誰有不在場證明？當然是離開桌子的人，您，巴頓·羅素先生。然而，您又在黑暗的掩護下踅回來，拿著香檳酒瓶，繞著桌子給大家添酒，偷偷地把氰化物放入寶玲的杯子，彎腰拿起卡特的酒杯時又把剩下一半的盒子塞到他的口袋裡。噢，是的，當大家的注意力都投向別處的時候，很容易在黑暗中扮演侍者的角色。這才是您今天晚上舉行宴會的真正用意。謀害一個人最安全的地方就是在人群當中。」

「為什麼……我究竟為什麼想害寶玲？」

「也許是因為錢的問題。您妻子死後，您成了她妹妹的監護人。今晚您提到了這一事實。寶玲二十歲了，她到二十一歲的時候，或者她一結婚，您就必須開出監護的結欠清單。我建議您不要那樣做。您已經考慮再三。我不知道，巴頓．羅素先生，您是否用同樣的方式謀殺了您的妻子，或者是她的自殺提醒了您採取這種方式進行犯罪。但我確實知道今天晚上您犯了蓄意謀殺罪。是否因此對您提起訴訟，取決於寶玲小姐的意思。」

「不，」寶玲說，「他可以遠遠離開我，離開這個國家。我不想鬧出醜聞來。」

「您最好快些走，巴頓．羅素先生，而且我建議您今後小心點。」

巴頓．羅素站起身，面部抽搐。

「見鬼去吧，你這個自大魯莽、干涉別人的比利時小矮子！」

他怒氣沖沖地大步走開了。

寶玲嘆了一口氣。「白羅先生，您太厲害了……」

「您，小姐，您也了不起。把香檳倒掉，如此逼真地扮演死人。」

「哦，」她戰慄了一下。「您讓我渾身起雞皮疙瘩。」

他柔聲問道：「是您打電話給我的，對吧？」

「沒錯。」

「為什麼？」

「我不知道。我感到焦慮、恐懼，卻又不太清楚為什麼恐懼。巴頓告訴我，他將舉行宴會紀念愛麗絲之死。我感覺到他有什麼計畫，但他不願告訴我。他顯得那麼……那麼古怪、那麼興奮，我於是覺得可能會發生一些可怕的事，只是，當然，我從未料到他打算要……要除掉我。」

「然後呢，小姐？」

「我早聽人們談起過您。我想只要我能夠設法讓您過來，也許您就會阻止事情發生。我認為，您是一個……一個外國人，如果我打電話給您，假裝處於危險境地，並且口氣盡量顯得神祕莫測……」

「您認為這種煽情劇會吸引我過來？其實這正是使我疑惑不解的地方。那個消息本身必定是『假的』，因為聽起來並不真實。可是聲音裡的恐懼，那是真的。於是我來了，而您卻直截了當地否認曾經給我打過電話。」

「我不得已才那樣做。另外，我也不願讓您知道是我。」

「嗯，不過我對自己的判斷確信無疑！一開始不敢肯定，可是我很快就覺察到了解桌上黃色鳶尾花內情的只有兩個人，那就是您或者巴頓．羅素。」

寶玲點了點頭。

「我聽到他訂了黃色鳶尾花擺放在桌子上，」她解釋說，「又見他預定了六人桌，而我明明知道我們只有五個人要來。這兩個因素令我起了疑心……」她停下來，咬著嘴唇。

「您懷疑什麼，小姐？」

她慢悠悠地說：「我擔心……擔心卡特先生會出什麼事。」

史帝芬・卡特清了清喉嚨，不慌不忙又異常堅定地從桌旁站了起來。

「呃，哼，我不得不……呃，謝謝您，白羅先生。我欠了您一份很大的人情。我敢肯定，如果我離開，您會體諒我的。今晚發生的事太讓人沮喪了。」

望著他退去的背影，寶玲言語激烈地說：「我討厭他。我一直認為，是因為他，愛麗絲才服毒自盡的。或者，也許是巴頓殺了她。噢，所有這一切都太可惡了……」

白羅輕輕地說：「忘掉它，小姐，忘掉它。讓過去的就過去吧，考慮眼前的事要緊。」

寶玲低聲說：「是的，您說得對……」

白羅轉向蘿拉・華德斯。

「小姐，隨著夜幕加深，我也變得更勇敢了。您此刻是否願意和我跳一曲……」

「噢，系的，當然願意。您系……您系如此了不起的人，白羅先生。我義定要和您跳。」

「您太好了，小姐。」

只剩下東尼和寶玲兩個人了。他們隔著桌子彼此靠近了一些。

「親愛的寶玲。」

「噢，東尼，我對你來說，整天都是一隻令人討厭又惡毒的火爆小貓。你會原諒我嗎？」

「安琪兒！又到了我們最喜歡的曲子了。我們跳舞去吧。」

他們滑進舞池，彼此微笑著，輕聲哼起來：

沒有什麼像愛一樣使你悲慘
沒有什麼像愛一樣使你憂鬱
壓抑
著魔
感傷
喜怒無常
沒有什麼像愛一樣
使你沮喪
沒有什麼像愛一樣使你發瘋
沒有什麼像愛一樣使你發狂
惡言謾罵
拐彎抹角
自殺
殺人
沒有什麼像愛一樣
沒有什麼像愛一樣……

04

丑彩茶具

Problem at Pollensa Bay

本篇故事於一九七一年首次發表，收錄於《冬日的罪惡》一書，麥克米倫出版。

沙特衛先生已經兩次氣惱地發出「咯咯」聲了。不管自己的臆測正確與否，他都越發相信今日的汽車遠比過去的容易拋錨。他唯一信任的汽車，是那些經過時間考驗仍可繼續發揮作用的老朋友。它們性能各異，不過你全都瞭如指掌，只要它們的要求不過分，就盡量對它們進行保養和維修。但新車就不是這麼回事了！裝置淨是些新玩意兒，不同種類的窗戶，閃閃發光的新型木製儀表板……雖然造型精緻，可是你並不熟悉，因此你的手盲目地摸索著霧燈、雨刷、阻氣門等等。所有這些新東西都安裝在你不習慣的地方。當你剛買的閃亮新車出了毛病的時候，修車工說出的話總叫人又好氣又無奈：「嬰兒長牙的不適感而已。車很棒，先生，這些頂瓜瓜的敞篷車，都有最新的配備，不過試車階段必定會有些磨合上的麻煩，你知道，哈，哈，哈！」就好像一部車是一個正在長牙的嬰兒。

但是，沙特衛先生這時已經上了些年紀，他強烈地感到新車就應當如成人般具備絕對完好的性能。試驗、檢查；在它到達購買者的手裡之前，磨合問題已經處理妥當。

沙特衛先生這個週末開車去鄉下探望朋友，從倫敦開出來的路上他的新車就出了幾次毛病，此時正停在一家汽車修理廠等候檢修。他不知道要等多久才能繼續朝目的地行進。他的司機正和一名修車工交涉。沙特衛先生坐在那裡，極力忍耐著。前一天晚上，他已經打電話向東道主保證他會及時趕去喝下午茶。他要他們放心，說他一定會在四點之前趕到道夫頓・

金斯本莊園。

他又惱怒地發出「咯咯」兩聲，試著想些令人愉快的事情。他煩躁不安地坐在修車廠裡，時不時地瞅瞅手錶。一次又一次地發出咯咯聲，實在於事無補，而且這讓他很自然地聯想到母雞下蛋時那種自滿的歡叫聲。

對呀，想些愉快的事。是啊，他們開車往前走的時候他不是注意到了什麼嗎？不久之前，透過車窗，他看到使他興奮、愉悅的情景。然而他當時還來不及細想，汽車的毛病愈來愈明顯，他們不得不馬上把它弄到一家最近的加油站。

當時，他看到了什麼？在左邊……不，在右邊，是的，他們駕車慢慢穿過鄉村街道時他在右邊看到的。是在一所郵局的隔壁。是的，他確信不疑，是郵局的隔壁，因為他記得一看見郵局他就想起要給艾迪生一家打個電話，告訴他們他可能會晚一點到。郵局，一所鄉村郵局。在它旁邊，是的，正是，在它旁邊，隔鄰，或者若不是隔鄰就是再下一間。有什麼東西喚起他對舊時的回憶，於是他想要……究竟他想要什麼？噢！天哪，他不久就會知道。似乎攙和著一種顏色。幾種顏色。是的，一種或幾種顏色。抑或一個字眼。某個確切的字眼，喚起他以往的記憶、思緒、樂趣與熱情，使他回想起逼真生動的某件事。某件他不僅用眼睛看，而且用心觀察過的事情。不，他做得不只這些。他參與了。參與什麼了？為什麼？在哪裡？各種不同的地方。最後答案很快找到了。各種不同的地方。

在一座島上？在科西嘉？在蒙地卡羅觀看賭台管理員轉動輪盤？在鄉下別墅裡？所有不

同的地方。他到過這些場所，同時還有另外一個人。是的，另外一個人。一切都和這個人有關。他終於快到那裡了。如果他正好能夠……他正想到這裡，就被司機打斷了。他來到車窗前，修車工拉著拖繩跟在後面。

「不會花太長時間，先生，」司機用輕鬆的口氣向沙特衛先生保證。「十分鐘左右就會完成，不會再多。」

「沒什麼大毛病，」修車工用低沉、沙啞的鄉音說，「嬰兒長牙的不適感。您大概也會這麼說。」

沙特衛先生這一次沒有發出咯咯聲。他咬牙切齒……他常常在書裡讀到這個形容詞，也習慣這麼做，因為他年紀大了，上顎有些輕微鬆弛。真是的，嬰兒長牙的不適感！牙疼、咬牙、假牙。人的一輩子，他想，是以牙齒為中心的。

「道夫頓·金斯本只有幾英里了，」司機說，「他們這兒有輛計程車。您可以坐計程車去，先生。車一修好，我就隨後趕來。」

「不！」沙特衛先生說。

他的口氣很暴躁，司機和修車工兩個人被嚇得瞠目結舌。忽然，沙特衛先生的眼睛閃閃發亮，聲音清晰而果斷，他終於想起來了。

「我打算，」他說，「沿著我們才剛來的路走一走。車修好了，你就到那裡去接我，『丑角[5]咖啡館，我想是這麼個名字。」

「不怎麼樣的一個小地方，先生。」修車工提醒道。

「我正是要去那兒。」沙特衛先生用一種威嚴專橫的口氣說。

他邁著輕快的腳步走開了。剩下的兩個男人望著他的背影。

「不知道他是怎麼了，」司機說，「以前從未見過他這樣。」

金斯本·達西村與其古老豪氣的名稱很不相配。村子不太大，只有一條街道，幾棟房舍。村子裡稀稀落落地開著幾家店鋪，有時可以看出店鋪其實就是房舍改成的，或者如今改為房舍不再做生意了。

村子並不太古老，也不很美麗，非常樸素，相當不引人注目。大概正因為如此，沙特衛先生想，一點點鮮豔的顏色就引起了他的注意。啊，他來到郵局了。這所郵局十分簡陋，門口有個郵筒，裡面擺著一些報紙和明信片。郵局的旁邊，是的，果然有個招牌高高掛起。丑角咖啡館。沙特衛先生感到一陣暈眩。畢竟，他年紀太大了。他思前想後，為何這個名字如此攪亂他的心情？丑角咖啡館。

路邊加油站的修車工說得很對，它看起來不像一個吸引人們就餐的場所。人們來這裡或許只為了吃份點心，喝杯晨間咖啡。那為什麼他要來呢？他突然意識到原因所在。這家咖啡館，或者也許最好把它說成咖啡館的房舍，分成兩部分。一邊擺放著幾套桌椅，以備老主顧

5 丑角的英文是Harlequin，與「哈利·鬼豔」有諧音之趣。

進來吃飯；另一邊是個店鋪，出售瓷器。它並不是一家古董店，店裡並沒有一小架一小架的玻璃瓶或馬克杯。這是一家出售現代物品的店鋪，朝街展示的櫥窗此時正採擷每束彩虹的光線。櫥窗裡擺著一套杯盤稍大的茶具，每件的顏色各不相同。藍、紅、黃、綠、粉紅、紫。沙特衛先生心想，真是奇妙的色彩展覽。當汽車沿著路邊漸漸前行，在努力尋找汽車修理廠或路邊加油站時，這櫥窗引起了他的注意。櫥窗上貼有一張大卡片，標著「丑角」。

「丑角」這個字詞一直深深銘刻在沙特衛先生的心裡，儘管記憶非常非常遙遠，已經很難回想起來。快樂的色調。丑彩的色調。他苦苦思索，十分驚訝自己竟然產生了一個滑稽可笑又令人激動的念頭：從某個方面來說，這預示著他的出現，特意預示他的出現。也許，他的老朋友哈利·鬼豔先生可能正在這裡吃飯或者購買杯碟。從他最後一次見到鬼豔先生，已經多少年了？好多年了。是在那天吧，他看見鬼豔先生從一條被稱為情人巷的鄉間小徑離他而去？他一直盼望著再次見到鬼豔先生，至少一年一次。可能的話一年兩次。但沒有。他們一直沒見面。

因而今天他產生了一個絕妙又奇特的想法：在這裡，金斯本·達西村，他可能會再一次見到哈利·鬼豔先生。

「我真荒唐，」沙特衛先生說，「我太荒唐了。真的，人老了，就會胡思亂想。」

他一直懷念著鬼豔先生。懷念是在他生命的晚年最令人激動的事情。懷念可能會突然出現的某個人。這個人一旦出現，就預示著要發生什麼事情。事情將要發生在他身上，不，不完全是這樣。不是發生在他身上，而是因他而起。這才是令他激動不已的地方。透過鬼豔先生可能講出的話語，是的，話語，他可能會向他出示什麼東西，沙特衛先生會因此挖掘出其內在含義。他會觀察事物，會發揮想像力，會明白其中的道理，會處理需要處理的事情。鬼豔先生會坐在他對面，微笑著表示贊同。鬼豔先生說的話會使他沙特衛先生的思想活躍起來，會使他滔滔不絕。他，沙特衛先生，是一個有眾多老友的人，他的朋友中有公爵夫人、代理主教，諸如此類的重要人物。他不得不承認，他們都是社交界頗有影響力的人物。因為，畢竟，沙特衛先生一直是一位自命不凡的人。他喜歡與公爵夫人來往，喜歡了解古老的家族或幾代以來皆為英國土地鄉紳的家族。他也曾對未必會在社交界受人注目的年輕人有過好感。他們或有困難，或陷入愛河，或不幸福，或需要幫助。是因為鬼豔先生，沙特衛先生才可能幫助別人。

而此時此刻，他正在癡癡地觀察一個毫不起眼的鄉村咖啡館，和一個出售現代瓷器、茶具以及無疑是燉鍋之類的店鋪。

「我還是得進去瞧瞧，」沙特衛先生自言自語，「既然我已傻乎乎地走回到這兒，我就得進去以防……呃，以防萬一。他們修車的時間，我猜，會比他們說的要長一些。可能超過十分鐘。也許裡面有什麼使人感興趣的東西。」

他又一次看了看滿是瓷器的櫥窗，忽然間意識到這都是些質地很好的瓷器，做工精緻，堪稱現代的一種精良產品。他又回到過去，搜尋著記憶。他想起了萊絲女公爵，她是多麼了不起的一位老婦人！那次，在波濤洶湧的大海上航行去科西嘉島，她對她的女傭多仁慈呀！她照顧她，彷彿救死扶傷的天使般善良。但就在第二天，她重新恢復自己專橫跋扈的性格，昔日的家僕們似乎很能忍受她這種性情，不表露任何反抗的跡象。

瑪麗亞。是的，女公爵的名字就叫瑪麗亞。親愛的老瑪麗亞・萊絲。啊，不過，她幾年前就死了。她有過一套五顏六色的早餐用具，他記得。是的，又大又圓、顏色各異的杯子，黑的、黃的、紅的以及邪惡的紫褐色的。紫褐色，他想，必定是她最喜愛的一種色調。她還有過一套羅金漢茶具，他記得，上面的主調色彩就是間有金黃的紫褐色。

「唉，」沙特衛先生嘆了口氣。「這些日子一去不復返了。嗯，我想我最好還是進去吧。也許點一杯咖啡或者別的什麼。咖啡裡會加上大量牛奶，我想，而且可能放糖。然而，我總得消磨時間。」

他走進去。咖啡館裡幾乎沒人。沙特衛先生想，喝茶時間為時尚早。況且，現在的人很少喝茶了，只有老年人會在自己家裡偶爾沖上一杯。遠遠的窗戶旁邊坐著一對年輕夫婦，靠著後牆的一張桌上，兩個女人正在嚼著舌根。

「我告訴她，」其中一個說道，「我說過你不能那樣做。不能，那種事情我忍受不了。我也跟亨利這麼說，他同意我的看法。」

沙特衛先生馬上想到，亨利一定生活得很苦，他無疑認為同意才是明智之舉，不管話題是什麼。一個毫無魅力的女人與她毫無魅力的朋友。他把目光轉向咖啡館的另一半，細聲細語地問：「我可以隨便看看嗎？」

負責人是一個十分和氣的女人，她說：「噢，可以，先生。我們目前進了一批好貨。」

沙特衛先生觀察著那些五顏六色的杯子，拿起一兩個湊近來瞧。他看了牛奶壺，還拿起一件瓷器斑馬仔細審視，一再欣賞幾個造型賞心悅目的菸灰缸。他聽到推拉椅子的聲音，於是扭過頭，看見那兩位仍發著牢騷的中年婦女結了帳，正要離開咖啡館。她們剛邁出門去，便有一個身穿黑色西裝的高個子男人走進來，坐到她們剛剛離開的桌子。他背對著沙特衛先生，後者認為他的背部頗富吸引力。發達的肌肉，健美的脊背，不過，幽暗的背影看起來有些陰險，原因是咖啡館裡的光線很弱。沙特衛先生回過頭繼續觀看菸灰缸。「也許我該買個菸灰缸，以便不讓店主失望。」他一面想，一面照此做了。這時，太陽忽然冒了出來。

他原來沒有意識到店鋪裡顯得昏暗是因為缺少光線的緣故。太陽應該是在雲層裡躲了一段時間。雲彩遮住太陽，他記起，大致是在他們到達加油站的時候。但現在陽光突然間射了進來，使多彩的瓷器頓時黯然失色；而且射在一面有教堂氣息的彩色玻璃窗上，沙特衛先生想，那一定是維多利亞時代房屋原址遺留下來的窗子。陽光透過窗戶，照亮暗淡的咖啡館。從某種奇怪的角度看，它也照亮了那個剛坐在那裡的男人的脊背。它不再是一個黑色的剪影，而是布滿了五顏六色，紅色、藍色、黃色……猛然間，沙特衛先生意識到他所注目的正是他渴望找到的人。他的直覺沒有出錯。他知道剛才進來坐下的是誰，非常清楚自己沒有必要等著看到那人的臉部。他再無心思關注瓷器，他轉過身來，回到咖啡館，繞到角落的圓桌旁，在那個人的對面坐下來。

「鬼豔先生，」沙特衛先生叫了一聲。「我不知怎的，你一走進來，我就認定是你。」

鬼豔先生笑了笑。

「你總是知道這麼多事情。」他說。

「我已經很久沒見到你了。」沙特衛先生說。

「時間的長短重要嗎？」鬼豔先生問。

「大概也不是吧。你也許是對的，應該是吧。」

「我能請你喝點飲料嗎？」

「有什麼可以喝的？」沙特衛先生遲疑地回答，「我想你一定是為此目的才進來的。」

「人對自己的想法永遠沒有十足把握，對吧？」鬼豔先生反問道。

「我很高興再次見到你，」沙特衛先生說，「我都快忘記了，你知道。我是說，我幾乎忘了你講話的方式，你說的話，你為我啟發的觀點，你讓我做的事情。」

「我……讓你做？你大錯特錯了。你一定了解自己想要做什麼，為什麼要做，你非常清楚為什麼非做不可。」

「你和我在一起時，我才有這種感覺。」

「噢，不，」鬼豔先生輕描淡寫地說，「這和我沒有什麼關係。我只是——我常對你這麼說——路過此地。就這樣。」

「今天你剛好路過金斯本・達西村。」
「而你並不像我一樣僅僅是路過，你要去一個確定的地方。我說得對嗎？」
「我要去探望一個老朋友。我們好多年沒見了。如今他老了，腿也有些跛。他曾經中風過，目前康復得不錯，不過誰知道呢？」
「他是一個人生活嗎？」
「令人欣慰的是，現在不是了。他的家人從國外回來了，從此開始享受天倫之樂。他們已經和他共同生活幾個月了。我很高興能再次拜訪他們全家，包括以往見過和沒見過的。」
「你指的是他的兒女？」
「兒輩和孫輩。」沙特衛先生嘆息道。
那一瞬間，他感到傷心，感嘆自己沒有兒女、沒有孫子，更沒有曾孫。平時他對此絲毫不覺得遺憾。
「他們這兒有特別的土耳其咖啡，」鬼豔先生說，「是同類中的精品。其他飲料，如你所想，相當不可口。但你總不會拒絕來一杯土耳其咖啡，對吧？讓我們喝一杯，因為我想你不久就得繼續你的朝聖之旅，或者去做其他任何事情。」
門口跑來一隻小黑狗，蹲在桌旁抬頭瞧著鬼豔先生。
「你的狗？」沙特衛先生問。
「是的。讓我為你介紹赫米斯。」他敲了敲黑狗的腦袋。「咖啡，」他說，「告訴阿里。」

黑狗離開桌子，穿過一道門，消失在店鋪的後院。他們聽到一聲短促、尖厲的犬吠。不一會兒，狗又出現了，隨他而來的是一個年輕人，面部黝黑，身穿一件翡翠綠套衫。

「咖啡，阿里，」鬼豔先生說，「兩杯咖啡。」

「土耳其咖啡。沒錯吧，先生？」他微笑著離去了。

狗又重新蹲下。

「告訴我，」沙特衛先生說，「告訴我你都去了哪兒，你都做了些什麼，為何我這麼久沒有見到你。」

「我剛剛說過，時間其實並不意味著什麼。我記得很清晰，我覺得你也還清楚記得，我們上一次見面的情景。」

「很悲哀的一幕，」沙特衛先生說，「說真的，我不願再去回憶。」

「因為死亡？然而死亡並不總是悲劇。我以前告訴過你。」

「是的，」沙特衛先生說，「也許那次死亡——我們兩人正在回憶的那次——不是一場悲劇。但是……」

「但是真正重要的還是生命。當然，你說得一點也沒錯，」鬼豔先生接過話說，「的確沒錯。真正重要的是生命。我們不想讓一個年輕人，一個快樂或者能夠快樂的人去死。我們誰也不想那樣，對吧？這就是人們之所以一接到命令就義無反顧地去拯救一個生命的原因。」

「你要向我下達什麼命令嗎？」

「我？向你下達命令？」哈利．鬼豔瘦削、傷感的臉上浮現出十分迷人的微笑，「我沒有什麼命令好向你下達，沙特衛先生。我從來不指揮別人。你自己會了解事理，觀察事物，知道該做什麼就做什麼。和我無關。」

「噢，不，和你有關。」沙特衛先生說，「你不可能改變我這一點想法。但你無論如何得告訴我，在這一段稍嫌短暫姑且不能稱作『時間』的日子裡，你都到過哪些地方？」

「好吧。這段時間，我四處流浪。不同的國度，不同的氣候，不同的冒險經歷。只是大都如往常一樣僅僅路過。我想，你該告訴我，你一直在幹什麼，而且你現在要去幹什麼，特別是你要去哪兒，要會見什麼人。你的朋友，他們都是什麼樣的人。」

「當然我會告訴你。我樂於告訴你，因為我一直有個奇怪的感覺，好像你認識我要去拜訪的這些朋友。一個人很久沒有拜訪一個家庭，很多年沒有和他們親密地聯繫，當他打算和他們重續舊誼的時候，心裡總不免忐忑不安。」

「你的話對極了。」鬼豔先生說。

土耳其咖啡盛在東方情調的小杯子裡端了上來。阿里微笑著把它們放在桌上，退下去了。沙特衛先生表示讚許地啜了一口。

「『甜如愛情，黑如夜晚，熱如冥府』。這是阿拉伯古諺語，對吧？」

哈利扭頭笑了笑，點點頭。

「是的，」沙特衛先生話鋒一轉說道，「我會告訴你我要去哪裡，儘管未嘗必要。我會去找老朋友敘敘舊，與年輕人認識認識。湯姆・艾迪生，我說過，是我的一個老朋友。年輕時，我們一起共事過。後來，不同際遇把我們分開了。他原來在外交部門工作，接連去國外擔任外派職務。有時候出國我會住在他那邊，當他回到英國時我也會去看他。他早先的一個派任是在西班牙。他娶了一個西班牙女孩，非常漂亮的黑皮膚女孩，叫碧拉。他很愛她。」

「他們有孩子嗎？」

「有兩個女兒。長女一頭金髮，像她父親，名叫莉莉；第二個女兒瑪麗亞，長相像她西班牙籍的母親。我是莉莉的教父。當然，兩個孩子我都不常見到。一年中有那麼兩三次，我或者為莉莉舉行一個宴會，或者去她學校看她。她很討人喜歡，很愛她的父親，她父親也很愛她。我們曾多次碰面，多次重溫友誼，可是其間都度過一些艱難的時日。你應該明白。戰爭年代，我和我同輩的人很難見上一面。莉莉嫁給了空軍飛行員，一個戰鬥機飛行員。直到前幾天，我都還記不起他的名字……哦，西蒙・吉列特，空軍中隊長吉列特。」

「他在戰爭中犧牲了？」

「不，不，不。他平安地度過危機。戰後，他從空軍退伍，和莉莉一道去了肯亞，像許多人一樣。他們定居在那裡，生活得很幸福。他們生了個兒子，一個叫羅龍的小男孩。後來他回英國上學時，我見過他一兩次面。最後一次，我想，是在他十二歲的時候。很不錯的男孩，像他父親一樣長著一頭紅髮。從那之後我再也沒見過他了。因此，我期待著今天就見到他。他現在已經二十三、四歲了。歲月不饒人啊。」

「他成家了嗎？」

「沒有，嗯，還沒有。」

「嗯。有結婚對象嗎？」

「噢，湯姆．艾迪生在信中向我談起過羅龍的一個表妹，我對此不太清楚。他的小女兒瑪麗亞嫁給本地的醫生。我一直不怎麼認識她。悲慘的是，她死於難產。她的小女兒叫伊內珠，是她的西班牙外婆為她取的名字。說實話，伊內珠長大後，我只見過她一回。黑黑的，西班牙類型的女孩，很像她祖母。哦，我絮絮叨叨地對你說個沒完，你一定覺得很煩。」

「不，我想聽你講下去。這對我來說很有趣。」

「這是為什麼。」沙特衛先生說，他看著鬼豔先生，帶著偶爾會顯出的一絲狐疑神色。

「你想了解這個家庭的全部情況。為什麼？」

「或許，這樣我可以對他們有一個整體印象。」

「好吧。我要去拜訪的莊園叫道夫頓．金斯本，一座相當美麗的古宅。它不是太豪華壯觀，不足以吸引遊客或在假日向參觀者開放。它只是一座寧靜的鄉村別墅，適合於一個英國人一生為國效力，退休後歸隱故里，享受美好恬靜的生活。湯姆向來喜歡鄉村生活，他喜愛釣魚，是個神槍手。少年時代，我們一起在他家中共度了許多愉快時光。我孩提時候的許多假日都是在道夫頓．金斯本莊園度過的。我一生都不會忘記它。沒有其他地方像道夫頓．

金斯本莊園那樣，沒有莊園能夠比得上它。每當我開車從附近經過，就會繞道那裡，只為看一眼莊園的風光。莊園前面有一條長長的小道，兩旁栽滿了樹，從中間的縫隙可以看到我們以往常去釣魚的河流，或莊園本身。每思及此，我和湯姆共同完成的往事便會一件件湧上心頭。他向來勇於行動，做過許多事，而我……我只不過是個老光棍。」

「你不只是個老光棍，」鬼豔先生說，「你交遊廣泛，結識了好多朋友，幫了朋友許多忙。」

「唉，或許如此吧。也許你過獎了。」

「絕對不是。除此之外，你還是一個十分有趣的夥伴。你講的故事，見過的東西，去過的地方，以及你生活中發生的稀奇古怪事件，一定可以把它們寫成一大本書。」鬼豔先生說。

「倘若我寫的話，我會選你作為書中的主角。」

「不，你不會的。」鬼豔先生說，「我只是一個過客罷了，沒有什麼特別的。好了，請你繼續談下去，多談一些。」

「呃，我向你講述的只是一部家族史。我說了，我已經好幾年沒見過他們任何人了。但他們一直是我的好朋友。碧拉死後，我就再沒見過她和湯姆。她很年輕就不幸死去了。莉莉，我的教女；還有伊內珠，那個沉默寡言的醫生之女，和她父親一起生活在村子裡……」

「他女兒多大了？」

「我想，伊內珠大約十九、二十吧。我很樂意與她交個朋友。」

「那麼整體說來，這是一部幸福家族的編年史？」

「不全是。莉莉，我的教女，和她丈夫一起遠赴肯亞的那位，在當地的一起交通事故中喪生。她當場死亡，身後留下一個不滿週歲的嬰兒，小羅龍。西蒙，她的丈夫為此悲痛欲絕。他們是非常幸福的一對。我想，他後來再幸運不過了。他再婚了，娶的是一個寡婦，是他的一個朋友，一個空軍中隊長朋友的遺孀。她也帶有一個和羅龍一樣大的嬰兒，小蒂莫西，他和小羅龍只差兩三個月。西蒙的再婚，我相信，是十分美滿的，儘管我沒和他們見面，因為他們繼續留在肯亞。兩個孩子像親兄弟一樣長大成人。他們在英國同一所學校讀書，通常也會一塊回肯亞度假。我當然也很多年沒見過他們了。接下來，你也知道在肯亞發生了什麼事。有些人設法待下去。有些人，我的一些朋友，去了澳洲西部，與家人一起又在那裡幸福地安家落戶。有些人則回到了國內。

「最近西蒙．吉列特和他的妻子及其兩個孩子離開了肯亞。對他們來說情況不同了，於是他們回家，最終接受了老湯姆．艾迪生每年都向他們發出的邀請。他們回來了，他的女婿、女婿的第二任妻子以及兩個孩子。如今長大了的兩個男孩，或者說是兩個青年回到莊園，全家人一起生活，十分和睦。湯姆的外孫女伊內珠．霍頓，我向你提過，和她當醫生的父親一起居住在村子裡。我猜想，她有大量的時間，留在道夫頓．金斯本莊園陪伴湯姆．艾迪生，老人極其疼愛自己的外孫女。他們在莊園裡似乎都非常快活。他催了我幾次要我去那裡走一走，見見他們一家子。於是我接受了邀請，只去度個週末。從某種意義上說，再次見到親愛的老湯姆，心裡總不是滋味。據我所知，他有些跛，也許來日不多了，可是仍然快快樂樂。那座古老的莊園，道夫頓．金斯本，也很使人傷感，它喚起了我所有兒時的記憶。當一個人沒有轟轟烈烈的一生，當他個人的生活平淡如水時——我就是這樣的人——最後與他作伴的是朋友、家園以及兒童、少年和青年時期所經歷的一幕幕往事。目前只有一件事情讓我有些顧慮。」

「你不要著急。什麼事讓你有些顧慮？」

「我可能會……失望。一個人記憶中的一棟住宅，魂牽夢縈的舊址，當他再次拜訪時，也許已不再像記憶或夢中的那般模樣了。也許會增加一間新廂房，也許會改建一座花園，住宅本身會發生一些變化。從上次拜訪到現在，時間隔得太久了，真的。」

「我想那裡的實際情況會與你記憶中的模樣相吻合，」鬼豔先生說，「我很高興你要去那裡。」

「我有個主意，」沙特衛先生說，「你和我一起去，一起去拜訪這一家人。你不必擔心不受歡迎。親愛的湯姆．艾迪生是世界上最好客的人。我帶去的任何一個朋友馬上就會成為他的朋友。和我一起去，一定要去，我堅持。」

沙特衛先生衝動地做了個手勢，差點把他的咖啡杯從桌上碰下去。他及時扶住了它。

這時，店鋪的門被推開了，老式門鈴響個不停。一個中年婦女走進來。她有點上氣不接下氣，似乎感覺很熱。她風韻猶存，依然滿頭赭髮，只是偶見幾縷銀絲。她皮膚白皙、光潔，與赭髮碧眼合於一體恰到好處。她的身材也保持得很好。新來者迅速地掃視了一眼咖啡館，停也沒停就轉進了瓷器店。

「哇！」她尖叫道，「這些五顏六色的茶杯，你們竟然還有！」

「是的，吉列特夫人。我們昨天剛進來一批新貨。」

「噢，我好高興！我實在擔心沒貨，就急急忙忙趕來了。我騎了一輛孩子們的機車。他們不知跑哪兒去了，我誰也找不到。可是我確實有事要忙。今天上午幾個杯子不巧給摔碎了，而我們下午有客人要來喝茶，還要舉行聚會，所以我才來的。你能不能給我拿一個藍的和綠的，也許再要一個紅的，以防萬一。紅色是這些不同花色中最難看的一種，不是嗎？」

「我知道大家確實這樣說。紅色雖不好看，但有些時候卻不能被取代。」

這時沙特衛先生已經轉過頭來了，他饒有興致地注視著正在發生的事情。吉列特夫人，商店女售貨員剛才提到了。是啊，吉列特夫人。此時此刻他判斷，她一定是……他從座位上直起身來，開始有些猶豫，而後一兩步就跨進瓷器店。

「打擾一下，」他說，「您是不是……是不是來自道夫頓・金斯本莊園的吉列特夫人？」

「噢，是的。我叫貝柔・吉列特。您……我是說……」

她看著他，微微皺了皺眉。沙特衛先生想，她是一個動人的女子，有一張也許是十分刻板的臉，但顯得很精幹。這就是西蒙・吉列特的第二任妻子。她沒有莉莉漂亮，可是她似乎魅力十足，態度和氣又幹練。忽然，一絲微笑浮上吉列特夫人的面頰。

「我相信……是的，當然。我的公公，湯姆，保存著您的一張相片。您一定是今天下午我們準備接待的客人沙特衛先生。」

「一點也沒錯，」沙特衛先生說，「您說的就是我。可是我不得不十分抱歉地告訴您，我比原來說好的時間要晚許久才能到。很倒楣，我的汽車拋錨了，現在正在修理廠檢修呢。」

「噢，好慘哪，太遺憾了。不過還沒到喝茶時間呢，別著急。反正我們已經延遲了。您大概聽到了我剛才說的話，今天上午家裡的幾個茶杯不巧從桌上掉下來，碎了，我趕來再挑幾個新的。每每遇到請客人吃午飯、喝茶或者用晚餐，總會發生類似的事。」

「您要的茶杯，吉列特夫人，」店裡的女人說，「我這就把它們包好，替您裝在一只箱子裡，好嗎？」

「不用了，你只需用紙包一下，放在我的這個購物袋裡就好了。」

「如果您要返回道夫頓．金斯本，」沙特衛先生說，「我可以開車送您一程。車隨時會從修理廠開來這裡。」

「您太好了。我真希望搭您的便車，可是我無論如何得把機車騎回去。孩子們沒有車騎會很不高興，他們晚上要出門。」

「讓我給你們介紹一下。」沙特衛先生說著，轉向鬼豔先生。鬼豔先生早已離開座位，此時正站在旁邊。「這位是我的一個老朋友，哈利．鬼豔先生，我們在這兒不期而遇。我一直在勸他一同到道夫頓．金斯本。您覺得湯姆會不會多留一位客人過夜呢？」

「噢，一定沒問題，」貝柔．吉列特說，「我保證他會很高興見到您的朋友，或許也是他的一個朋友。」

「不，」鬼豔先生說，「我從未見過艾迪生先生，儘管我常常聽我的朋友沙特衛先生談起他。」

「那好，您就請隨沙特衛先生一起來吧。我們全家都會很高興。」

「很抱歉，」鬼豔先生說，「不巧的是，我還有個約會，真的……」他看看手錶，「我必須馬上趕去赴約。因為碰到了老朋友，已經有些晚了。」

「您的杯子，吉列特夫人，」女售貨員說，「我想，放在您的提袋裡，是絕對安全的。」

貝柔．吉列特把紙包小心地放進她隨身攜帶的提袋裡，然後對沙特衛先生說：「好吧，一會兒見。茶會五點一刻再開始，不用著急。我常常聽到西蒙和我公公說起您。終於見到了您，我非常高興。」

她與鬼豔先生匆匆告別，走出了店門。

「匆匆忙忙的，是吧？」女店員說，「她總是這樣。告訴你，她一天能做很多事情。」

外面的機車發動了，隆隆的馬達聲傳了進來。

「她很有個性，對吧？」沙特衛先生說。

「看起來是這樣。」鬼豔先生說。

「我真的說服不了你？」

「我只是個過客。」鬼魖先生說。
「那麼我什麼時候再見到你呢？請你告訴我。」
「噢，不會太久的，」鬼魖先生說，「我想一旦你看見了我，就會認出我來。」
「你再沒有什麼……沒有什麼要告訴我了嗎？再沒有什麼需要解釋嗎？」
「解釋什麼？」
「解釋我在這裡碰見你的原因。」
「你是一個知識淵博的人，」鬼魖先生說，「有個字眼也許對你有意義……我想它對你可能會有用。」
「什麼字眼？」
「色盲。」鬼魖先生說完，笑了起來。
「我不認為……」沙特衛先生皺了眉頭。「是的，是的，我知道，只是暫時記不起……」
「暫且告別吧，」鬼魖先生說，「你的車來了。」
這時，果然汽車開來了，正準備停在郵局門口。沙特衛先生迎了出去。他心情焦急，不願再浪費更多時間讓主人無端地等下去。然而，他跟朋友說再見時還是感傷了一會。
「沒有什麼我可以為你做的了？」他問，聲調裡充滿了依依不捨之情。
「沒有什麼你可以為我做的了。」
「為其他人呢？」

「我覺得可以。非常可能。」

「希望我能夠明白你的意思。」

「我對你寄予最大的信任，」鬼豔先生說，「你了解事理，你有敏銳的觀察力，很快就可以弄懂事物的含義。你和以前一樣，沒有變，我向你保證。」

他把手搭在沙特衛先生的肩頭，略停片刻，走開了，並沿著鄉村大道朝道夫頓·金斯本相反的方向輕快地走去。沙特衛先生上了車。

「希望我們不會再出什麼麻煩。」他說。

他的司機安慰他說：「離這兒沒有多遠了，先生，至多三、四英里，而且現在汽車跑起來也很順。」

他沿著街道往前稍微開了開，在道路變寬的地方轉過來，回到他來時的路上。他又說了一句：「只有三、四英里了。」

沙特衛先生重複了一遍「色盲」。他仍然不明白它到底有何意涵，可是他感覺到它應該有所意義。這個字眼他以前聽人說過。

「道夫頓·金斯本。」沙特衛先生輕聲地自言自語。這兩個詞語對他來說仍是往常的含義，一個歡樂團聚的地方，一個他不能夠太快抵達的地方，一個他將感到輕鬆愉快的地方，即使他的許多故人都已不在那兒了。然而，湯姆會在那裡，他的老朋友湯姆。他又想起了昔日的草坪、湖水、河流以及他們童年時期一起做過的事情。

茶會安排在草坪上進行。從客廳的法式落地窗下面延伸過來一段台階，一側有一棵高高的紫銅色山毛櫸，另一側有棵黎巴嫩雪松，如此構築了茶會的外景。草地上擺著兩張白色的油漆雕花桌子，周圍有不少式樣各異的花園用椅。有的椅背垂直、上面有花花綠綠的坐墊，還有讓人可以躺下去伸開雙腿睡上一覺的躺椅，只要你樂意的話。有些椅子上裝有頂篷，可以免受陽光的直接照射。

這是一個美麗的傍晚，草地的綠有一種柔和深沉的色調。萬道霞光透過紫銅色山毛櫸直射過來，雪松映著宜人的粉金色天空顯得婀娜多姿。

湯姆．艾迪生斜靠在安有扶手的藤椅上，雙腳蹺起，等待他的客人。沙特衛先生饒有興味地看到很多一般東道主給人的印象：舒適的室內便鞋，正好套在他因患痛風而輕微腫脹的雙腳上；他的那雙鞋也很奇特，一隻紅的，一隻綠的。好人老湯姆，沙特衛先生想，他沒有變化，和以前一模一樣。他又想到：「我真笨！我當然知道那個字眼的含義了。為什麼我當時沒有馬上想起來？」

「我以為你永遠不會再來了，你這個壞老頭。」湯姆．艾迪生說。

他仍是個英俊的老人，寬闊的面龐上嵌著一雙灰白、閃亮的眼睛，寬寬的肩膀使他看起來十分健壯，臉上的每道皺紋似乎都在表白他的一種好心境及其對客人的熱忱歡迎。「他一直沒什麼變化。」沙特衛先生想。

「不能站起來迎接你了，」湯姆．艾迪生說，「需要兩個強壯的男人扶助，拄著拐杖，我才能起身。如今，你認不認識我們這個小團體？當然，你認識西蒙。」

「我當然認識了。好幾年沒見你了，你的變化並不大嘛。」

原空軍中隊長西蒙．吉列特瘦弱、英俊，一頭亂蓬蓬的紅髮。

「很遺憾，我們在肯亞時您從未去看過我們，」他說，「您在那裡會玩得很開心，我們可以給您看很多東西。唉！人不能預見未來的發展。我以為我的屍骨會留在那個國度。」

「我們在附近弄到一塊很不錯的教堂墓地，」湯姆．艾迪生說，「由於沒人去做禮拜，教堂仍然未被毀壞，周圍也沒有新建太多的建築物，所以教堂庭院裡空地仍很充足。我們至今還沒在那裡建造一座可怕的墓穴。」

「你們的話題真令人掃興！」貝柔．吉列特微笑著說，「這是我們的孩子，」她又說：「不過您早已認識他們，對吧，沙特衛先生？」

「我現在都認不出他們了。」沙特衛先生說。

是啊，他最後一次見到兩個孩子，是他把他們從預備學校裡接回去的那一天。雖然他們之間沒有任何血緣關係——他們倆異父異母——卻經常被別人當作親兄弟。兩人身高大致相同，都是一頭紅髮。羅龍也許受他父親的遺傳，蒂莫西卻是從他的赭髮母親那裡繼承來的。他們之間有一種夥伴情誼。然而，沙特衛先生想，他們其實差別很大。他猜想，如今他們的年齡，在二十二歲到二十五歲之間，差別更加明顯了。他從羅龍身上看不到與他外祖父相似的地方，除了紅髮之外；他看起來也不像他父親。

沙特衛先生有時懷疑這孩子長得是不是像他死去的母親莉莉，但他還是找不到兩人的相似之處。甚至還不如說，蒂莫西看起來更像是莉莉的兒子，白皙的肌膚、高高的前額及漂亮的身材。這時，一個柔柔的低語在他身旁說：「我是伊內珠。我想您不記得我了。我見到您是很久很久以前的事。」

一個美麗的女孩。沙特衛先生立刻如此認為。黑皮膚類型。他回憶起遙遠的過去，在艾迪生和碧拉的婚禮上他充當男儐相。她顯露出她的西班牙血統，他想，她擺頭的姿勢相當優雅，不啻一個儀態高貴的黑美人。她的父親，霍頓醫生，正立在她身後。他比沙特衛先生上一次見到時顯得老多了。他人很不錯，是個善良的普通醫師，沒有雄心壯志，卻可以信賴；對女兒，沙特衛先生想，他非常疼愛。很明顯，他為女兒感到萬分自豪。

沙特衛先生感到極大的幸福襲上心頭。所有這些人，他想——儘管其中有幾個他覺得陌生——似乎無一不像他早已熟識的朋友。漂亮的黑皮膚女孩，兩個紅髮的小夥子；貝柔·吉列特，她一邊手忙腳亂地整理茶盤裡的杯杯碟碟，一邊吩咐房裡的女傭端出糕點和幾盤三明治。豐盛的茶會！有幾把椅子拉到了桌子旁邊，人們舒舒服服地坐在那裡想吃什麼吃什麼。兩個男孩子在桌旁坐下來，邀請沙特衛先生坐在他們中間。

他對此非常滿意。他早就盤算好了，他首先要和孩子們談談，看看從他們那兒能得到多少有關湯姆·艾迪生昔日的情況。於是他又默默地想：「莉莉，我多希望莉莉能在眼前。」他回到了——沙特衛先生心想，回到了孩提時代。那時他來到這裡，迎候他的有湯姆的父母親，大概還有一位姑媽，以及湯姆的舅公和表兄弟。而如今，已沒有了這麼多人，但這畢竟還是一個家。湯姆腳上套著他的那雙室內便鞋，一隻紅，一隻綠。他老了，可是仍然快樂、幸福。他周圍的人也都幸福。如今的道夫頓完全與以往沒什麼兩樣。大住宅也許保護得不太好，然而草坪卻完好無損。放眼望去，透過樹叢可看見那條河流時隱時現，中間的樹呀，是比以前多了。房子也許需要再塗上一層顏料，但不宜過重。畢竟，湯姆．艾迪生家道殷實。他擁有大量土地，由人小心管理。他喜好儉樸，雖然為保養別墅花費巨大，在其他方面他卻不是個揮霍的人。如今他很少出外旅遊或出國觀光，可是他仍然能自得其樂。他不舉辦大型宴會，僅僅是朋友往來。朋友來此小聚，常常回首往事喚起往日的回憶。一個友好的家園。

他稍稍側了側身，把椅子從桌旁挪開朝向一側，以便能夠眺望延伸到河流的景致。那裡當然是磨坊了，而另一邊遠遠望去是大片的田野。其中的一塊田地裡豎著一個稻草人，灰黑色的稻草人身上棲著幾隻小鳥，他頓覺好笑。剎那間，他忽然意識到它看起來好像哈利．鬼黯先生。大概，沙特衛先生心想，它就是我的朋友鬼黯先生。很荒唐的念頭，然而如果有人把稻草人紮成鬼黯先生的模樣，它就會顯出大多數稻草人所不具備的修長、優雅身姿。

「您是在看我們的稻草人嗎？」蒂莫西說，「我們給它起了個名字，您知道。我們叫它哈利．巴利先生。」

「真的嗎？」沙特衛先生說，「啊！我覺得這名字很有趣。」

「您為什麼覺得它有趣？」羅龍有些好奇地問。

「啊，因為它很像我認識的一個人，他的名字碰巧也是哈利。」

孩子們開始唱起來：「哈利．巴利忠誠地守衛，哈利．巴利認真地執勤；守衛著禾堆守衛著草垛，使一切冒犯者倉皇逃跑。」

「來份黃瓜三明治，沙特衛先生？」貝柔．吉列特說，「還是我們自己家做的肉醬三明治？」

沙特衛先生要了一份肉醬三明治。她為他擺上一個紫褐色茶杯，顏色和他在瓷器店裡觀賞到的一模一樣。桌上擺放著整套茶具，顯得十分華麗，黃、紅、藍、綠等等。他不知道是否每個人面前的杯子都是他最喜愛的顏色。他留意到，蒂莫西用的茶杯是紅色的，羅龍用的是黃色的。蒂莫西的杯子旁邊有一樣東西，沙特衛先生一開始沒認出是什麼，後來才發現那是一支海泡石菸斗。沙特衛先生已有多年沒想到更沒看過這種菸斗了。羅龍注意到他凝視的目光，解釋說：「蒂姆去德國時帶來的。他老愛抽菸，早晚會患癌症，毀在菸斗上。」

「你不抽菸嗎，羅龍？」

「是的，我向來不抽菸，既不抽捲菸，也不抽菸斗。」

伊內珠走過來坐在他對面。兩個年輕人爭著為她遞上食物，他們在一起又說又笑。

沙特衛先生置身於三個年輕人中間，感到非常愉快，並不是因為他們謙遜、好客、對他十分尊重，而是他喜歡聽聽他們的聲音。他也喜歡分析他們。他認為，他幾乎可以肯定，兩個男孩都愛慕伊內珠。是的，這並不奇怪，相似的背景與相似的生活方式使然，而且他們兩人都來和外祖父生活在一起。伊內珠，羅龍的第一個表妹是個漂亮的女孩，就住在鄰近。沙特衛先生轉過頭，他恰好能透過樹隙望見那棟房子，房頂就從前門外的小路旁露出來。七、八年前他來這裡時，霍頓醫生住的就是那棟房子。

他瞅著伊內珠，不知道兩位青年她比較喜歡哪一位，也不清楚她的心是否另有所屬。她沒有理由一定要愛上兩位英俊瀟灑、魅力無窮的小夥子。

儘管大快朵頤一番，但他吃得還是不多。沙特衛先生把椅子向後拉了拉，改變了一下姿勢，以便能夠環顧周圍的一切。

吉列特夫人仍在忙裡忙外。他暗想，一個過於負責的家庭主婦，做起家務事總是手忙腳亂，不停地為客人提供糕點，添茶倒水，遞這遞那的。他想，如果她不勸不讓，讓客人隨意享用，氣氛會更加和諧，客人會更無拘無束。他希望女主人不要如此忙碌。

他抬起頭，看著手腳伸開躺在椅子上的湯姆．艾迪生。湯姆．艾迪生也正瞧著貝柔．吉列特。沙特衛先生默默地想：「他不喜歡她。是的，湯姆不喜歡她。那麼或許是他希望她那樣做的。」畢竟，貝柔取代了他的親生女兒，西蒙．吉列特的第一任妻子莉莉的位置。「我美麗的莉莉。」沙特衛先生又想起他的教女，並且感到詫異，為何他有一種莫名其妙的感覺，儘管看不到莉莉的身影，但是莉莉彷彿就在這裡。她就在今天的茶會上。

「我想人老了就會開始想像這類事情，」沙特衛先生喃喃自語，「不管怎樣，為何莉莉不可以到這裡來見自己的兒子呢。」

他慈愛地瞟了一眼蒂莫西，接著又猛然意識到他瞧的不是莉莉的兒子。羅龍才是莉莉的兒子。蒂莫西是貝柔的兒子。

「我相信莉莉知道我在這裡，我相信她想和我說話，」沙特衛先生又想，「噢，天哪，噢，天哪，我千萬不要沒完沒了地想傻事。」

不知為什麼，他又望了望稻草人。它此刻看起來不像稻草人，而像哈利．鬼豔先生。落日的五彩餘暉映照在它的身上，一隻像赫米斯的黑狗正在追逐著飛鳥。

「色彩，」沙特衛先生說著，又看了看桌子、桌上的茶具及喝茶的人們。「我為什麼在這裡？」他自言自語，「我為什麼在這裡，我本來該做什麼？一定有充分的理由……」

現在他感覺到，好像有什麼事情、什麼危急情況在影響著所有在場的人（或只是其中的幾個人）？貝柔．吉列特，吉列特夫人，她因為某事心煩意亂，如坐針氈。湯姆？湯姆沒什麼事，他沒受什麼影響。他很幸運，擁有這位賢媳，擁有道夫頓，擁有一個外孫。他死後這一切都將歸羅龍所有。這一切都會是羅龍的。湯姆是不是希望羅龍娶伊內珠為妻？或者他會不會擔心這對姨表兄妹近親結婚？不過從歷史上看，沙特衛先生想，表兄妹結婚並沒有什麼惡果。「什麼都不要發生，」沙特衛先生說，「什麼都不能發生。我必須阻止。」

真的，他滿腦子都是瘋狂的思想。一片祥和的氛圍。一套茶具。多彩茶杯，各不相同的色彩組合。如此而已。他看了看放在紅色茶杯旁的白色海泡石菸斗。貝柔．吉列特對蒂莫西說了什麼，蒂莫西點點頭，站起身朝房子走去。貝柔從桌上拿掉幾個空盤子，擺了一兩把椅子，低聲對羅龍咕噥一句，羅龍就徑直走向霍頓醫生，為他端上一塊撒有糖霜的蛋糕。

沙特衛先生注視著她的一舉一動。他不得不這樣做。她經過他的桌子時，衣袖拂動了一下。他瞥見一只紅色的杯子從桌上滑落下去，碰到椅腳上碎了。她撿起杯子碎片時，他聽見她低低地叫了一聲。她走過去從茶盤裡取出一套淺藍色的杯碟，回轉身來，放在桌上。她挪挪那支海泡石菸斗，使它緊挨著那套杯碟。她提起茶壺，倒上茶，然後走開了。

此時，桌旁再沒有人了。連伊內珠也已起身離開，和外祖父聊天去了。

「我不明白，」沙特衛先生自言自語，「要出什麼事。會出什麼事呢？」

一張茶几上擺滿五顏六色的茶杯，而且，噢，蒂莫西，他的紅髮在夕陽下閃閃發亮，西蒙·吉列特式的斜向一邊，魅力十足的波浪型紅髮在火紅的晚霞中閃閃發亮。蒂莫西回來了，站了一會，有些困惑地看了一眼桌子，然後走向海泡石菸斗緊挨淺藍色茶杯的一側。

這時，伊內珠也回來了。她突然笑了起來，說：「蒂莫西，你拿錯杯子了，藍的是我的，你的是紅色的那個。」

蒂莫西答應道：「別傻了，伊內珠，我知道那是我的茶杯。我的杯子裡放糖了，你不喜歡的。胡說！這就是我的杯子，海泡石菸斗緊靠著它嘛。」

沙特衛先生目睹這一切，他戰慄了一下。他瘋了嗎？他在胡思亂想嗎？剛才的每一個動作都是真的嗎？

他站起來，三步併作兩步走到桌旁。蒂莫西剛把藍色的茶杯舉到唇邊，他大叫了一聲。

「別喝！」他喊道，「告訴你，別喝這茶！」

蒂莫西驚訝地轉過臉來。沙特衛先生把頭扭向一邊。霍頓醫生十分吃驚地從座位上立起身，靠攏過來。

「什麼事，沙特衛先生？」

「那個茶杯。那個茶杯有問題，」沙特衛先生說，「別讓孩子喝那杯茶。」

霍頓醫生盯著茶杯。

「我親愛的朋友……」

「我知道我在說什麼。原來那個紅色的杯子是他的，」沙特衛先生說，「可是那個杯子摔碎了。後來換成了一只藍色的。他不知道紅色的換成藍色的了，對吧？」

霍頓醫生一副迷惑不解的樣子。

「你是說，你是說，像湯姆一樣？」

「湯姆·艾迪生，他分不清顏色，你知道的，對吧？」

「噢，是的，當然。這我們都知道，所以他今天穿了一雙不同顏色的鞋子。紅色和綠色，他分不清楚。」

「這個孩子也分不清楚。」

「不，絕對不是。但不管怎麼說，羅龍從未顯示出這樣的跡象。」

「但他也許顯示過，對吧？」沙特衛先生說，「我想我是對的……色盲。他們都叫這個名稱，不是嗎？」

「沒錯，過去時常提起這個名稱。」

「一個女人不會遺傳上色盲，然而會隔代遺傳給她的下一代。莉莉辨得清顏色，但莉莉的兒子也許辨不清。」

「可是，我親愛的沙特衛先生，蒂莫西不是莉莉的兒子，羅龍才是。我知道他們兩個長得很像，同樣的年齡，同樣色澤的頭髮，還有其他方面也相似，可是……大概您不記得了。」

「是的，」沙特衛先生說，「我不記得了。但我現在知道了。我也能看出他們很相像。羅龍是貝柔的兒子。西蒙再婚的時候，他們都還是嬰兒。一個女人同時照顧兩個嬰兒相當容易，尤其是他們當時都有長出紅頭髮的苗頭。蒂莫西是莉莉的兒子。羅龍是貝柔的兒子，貝柔和克里斯・伊登的兒子。他沒有理由辨別不清顏色。我知道，我告訴你，我知道！」

他看見霍頓醫生的眼睛在兩個男孩身上轉來轉去。蒂莫西聽不懂他們的對話，只是捧著那個藍色的茶杯站在那裡發愣。

「我看見她買的。」沙特衛先生說，「聽我解釋，朋友，你必須聽我解釋。你認識我已有多年了，你知道一旦我肯定地說出某件事，是不會出錯的。」

「確實。我從未見您出過錯。」

「把那個杯子從他手裡拿走，」沙特衛先生說，「拿回你的診所，讓化驗師化驗一下，看看杯裡有什麼。我親眼看見那女人買了那個茶杯，在鄉村小店買的。她那時就策畫好要打碎一個紅杯子，然後用藍色的來替換。她很清楚蒂莫西無論如何也不會看出顏色的不同。」

「我想您是瘋了，沙特衛先生。不過，我還是照您說的去做。」

他走向桌子，向那個藍色的茶杯伸出一隻手。

「讓我看一下杯子，可以嗎？」霍頓醫生說。

「當然可以。」蒂莫西說。他顯出一絲驚愕的神色。

「我覺得這個瓷杯上有點瑕疵，在這兒，你知道。很有意思。」

貝柔穿過草坪走過來，她走得又快又急。

「你們在幹什麼？怎麼了？發生什麼事了？」

「沒什麼，」霍頓醫生輕鬆地說，「我正打算用一杯茶來向孩子們演示一個小實驗。」

他非常仔細地觀察她，他看到了她焦慮、恐懼的表情。沙特衛先生看到了她整個表情的變化。

「您想和我一起去嗎，沙特衛先生？只是個小實驗，您知道。一項檢測瓷器品級的最新試驗。最近我發現了一個有趣的現象。」

他邊說著邊沿草地走去。沙特衛先生緊隨其後，那兩個小夥子互相閒聊著也跟上去。

「醫生在搞什麼名堂，小羅？」蒂莫西問。

「我不清楚，」羅龍說，「他好像有什麼特別的主意。噢，不過我想我們以後再聽他講解吧。我們去騎摩托車。」

貝柔．吉列特倏地轉過身，迅速順著原路向房子走去。
湯姆．艾迪生叫住了她。
「什麼事，貝柔？」
「我忘了一樣東西，」貝柔．吉列特說，「沒什麼。」
湯姆．艾迪生滿臉疑問地瞅著西蒙．吉列特。
「你妻子怎麼了？」他問。
「貝柔？噢，不，我不知道。我猜她忘了拿什麼小東西吧。」
「要不要我幫你，貝柔？」他喊道。
「不用，不用，我一會就回來。」她半側過頭，看到老人又躺在椅子上，突然言辭激烈地說，「你這個老糊塗，今天又穿錯鞋子了。它們不是同一雙。一隻是紅的，一隻是綠的，你知道嗎？」
「啊，我又穿錯了嗎？」湯姆．艾迪生問，「對我來說，它們全是同一種顏色，你知道。很奇怪，不是嗎？但我就是這樣。」
她加快腳步，走過他身邊遠去了。
一會兒，沙特衛先生和霍頓醫生走到大門口，眼前就是那條小路。他們聽到前面傳來摩托車隆隆的馬達聲。
「她走了，」霍頓醫生說，「她畏罪逃跑了。我想，我們本來應該阻止她的，您覺得她會回來嗎？」

「不會，」沙特衛先生說，「我認為她不會回來了。也許，」他若有所思地說，「這是最好的結局。」

「您的意思是……」

「這是一棟古宅，」沙特衛先生說，「古宅裡居住著古老的家族。一個好家庭，家庭裡住著很多好人。他們不想有麻煩，不想出醜聞，什麼也不想發生。我想，讓她離開最好不過了。」

「湯姆·艾迪生從未喜歡她，」霍頓醫生說，「從未。他總是那麼客氣、慈祥，但他並不喜歡她。」

「替那個小夥子想一想。」沙特衛先生說。

「那個小夥子。您是指……」

「另一個小夥子，羅龍。這樣他就無須知道他母親試圖要做什麼了。」

「她為什麼那樣做？她到底為什麼那樣做？」

「你現在不懷疑了？」

「是的，我現在一點也不懷疑。沙特衛先生，她看著我時，我瞧見了她的臉。當時我就知道您說的是真的。不過為什麼呢？」

「我想是出於貪婪，」沙特衛先生說，「我相信她自己身無分文。她的前夫，克里斯·

伊登，人人都說是個不錯的男人，然而說到錢財，他卻一無所有。但是，湯姆・艾迪生的外孫會得到一大筆的錢。一大筆的錢。這裡所有的財產加起來價值連城。我堅信湯姆・艾迪生會把他的大部分家產留給外孫。她想讓自己的兒子繼承家產，透過她自己的兒子，當然她本人就享用不盡了。她是一個貪婪的女人。」

沙特衛先生猛然轉過頭去。

「那兒有什麼東西著火了。」他說。

「我的天，真的著火了。哦，是田裡的稻草人著火了。我猜，哪個小傢伙點的火。不過什麼也不用擔心。那個附近沒有柴禾堆、草堆什麼的，稻草人燒完就沒事了。」

「是的，」沙特衛先生說，「好了，你自己走吧，醫生。你並不需要我幫助你做實驗。」

「我確信我會查出什麼來的。我不是指具體的物質，但是我相信您的判斷，這個藍色的茶杯裡裝著死亡。」

沙特衛先生轉身進了大門。他此時正朝著稻草人著火的方向走去。遠方是落日。那天傍晚落日異常輝煌，萬道光芒染紅了半邊天，照亮了熊熊燃燒的稻草人。

「那麼，這就是你選擇要走的路。」沙特衛先生說。

這時，他顯出有些愣然的樣子，因為他看見火焰的附近有個又高又瘦的女人身影。女人身穿淡淡珍珠母色的衣服。她向沙特衛先生走來。他僵硬地立在那裡，端詳著她。

「莉莉，」他說，「莉莉。」

現在他看得十分真切了，是莉莉正向他走來。太遠了，他看不清她的臉，但他非常熟悉她是誰。那一瞬間，他不知道是否還有別人看見她，或者是否這道風景唯他獨享。他開口說道，聲音不很高，只是輕聲低語。

「一切都好，莉莉，你兒子沒事了。」

於是她停下來，把一隻手舉到唇邊。他看不見她的笑靨，但他知道她在微笑。她吻吻她的手，向他揮了一下，然後轉過身去，往回走，走向已經燒成一堆灰燼的稻草人。

「她又要回去了，」沙特衛先生喃喃自語，「她要與他一起回去了。他們正一同離去。他們屬於同一個世界，當然。只有在愛情、死亡或兩者共存的場合，他們——像她一樣的人——才會來。」

他想，他再也不會看到莉莉了，可是他想知道他多久才會再次碰見鬼豔先生。他轉過身往回走，走在草坪上，走向茶几，走向那套丑彩茶具，走向躺在遠處的他的老朋友湯姆·艾迪生。貝柔不會回來了。他對此確信無疑。道夫頓·金斯本安然無恙。

那隻小黑狗穿過草坪，飛奔而來。來到沙特衛先生近旁，稍稍喘口氣，搖了搖尾巴。狗的頸圈上夾著一張紙條。沙特衛先生彎下腰把它取下，展延開來。紙條上用彩色筆寫了一句話：恭喜！我們下次再見。哈利·鬼豔。

「謝謝你，赫米斯。」沙特衛先生說完，目送小黑狗飛快地穿過草地，重新加入那兩個身影。只有他自己知道他們在那裡，可是再也看不見他們了。

05

鑽石之謎

Problem at Pollensa Bay

本篇故事於一九三六年首次發表於英國《河岸雜誌》，原為白羅的故事。這個版本則於三年後在美國出版。

艾薩克．波因茨先生吸了一口香菸，然後把它夾在手上，滿意地說：「很可愛的小地方。」

對達特茅斯港口表示讚賞之後，他又將菸放回嘴上，環顧著四周，一副悠閒自得的樣子。他對他本人，對他的相貌，對他周圍的環境及其生活均感到心滿意足。

說到他本人呀，艾薩克．波因茨先生是一個五十八歲的男子，身體狀況良好，也許稍微過分重視健康。他其實並不胖，但看來挺富態的，此刻他身上穿的遊艇服並不適合中年肥胖男子。波因茨先生的裝束非常好看，衣服上的每一條褶縫、每一顆鈕釦都那麼協調。他那有點東方味道的臉在遊艇帽下顯得黝黑發亮。至於他的四周，也可以說是他的同伴，有他的搭檔里奧．史坦先生，喬治爵士與馬蘿葳女士，美國商界朋友山姆．萊瑟恩與他正上學的女兒伊芙，拉汀頓夫人與伊凡．盧威林。

這些人剛從波因茨先生的遊艇「快樂公主」號走上岸來。上午，他們觀看了遊艇比賽；此時走上岸來進入露天遊樂場，參加名目繁多的遊戲——以椰子為靶子的投靶遊戲、胖女士、人類蜘蛛和旋轉木馬等。

無庸置疑，伊芙．萊瑟恩玩得最盡興。當波因茨先生最後建議大家該去皇家喬治餐館就餐的時候，她是唯一持反對意見的人。
「噢，波因茨先生，我好想請拖車裡的吉普賽人給我算命。」
波因茨先生不相信什麼吉普賽人是真的，可是他還是寬容地同意了。
「伊芙簡直在遊樂場玩瘋了，」她父親歉然說道，「不過如果各位想離開，別理她。」
「時間還早，」波因茨先生溫厚地說，「讓這位小姐再玩一會。我帶你去擲飛鏢，里奧。」
「二十五分以上就會贏得一份獎品。」負責投鏢遊戲的男子用濃重的鼻音反覆地喊道。
「我跟你賭五英鎊，我的總分會超過你。」波因茨先生說。
「說定了。」史坦欣然同意。
兩個男人很快就全神貫注地投入了他們之間的角逐。
馬蘿葳女士低聲對伊凡．盧威林說：「伊芙不是我們這裡唯一的孩子。」
盧威林笑了笑，表示贊同，然而卻有些心不在焉。
那一整天，他都心不在焉，有一兩次他簡直答非所問。
潘蜜拉．馬蘿葳不再理他，轉過身對自己的丈夫說：「那年輕人有心事。」
喬治爵士小聲咕噥道：「或者心裡想著什麼人？」
說著，他迅速瞟了一眼珍妮．拉汀頓。
馬蘿葳女士微微皺了皺眉。她是個精心打扮的高個子女人。手指甲染成猩紅色，與其耳朵上戴的深紅色螺栓式珊瑚耳環十分相配，眼睛則黑亮、警覺。喬治爵士裝出一副無憂無慮的「熱情英國紳士」的面孔，但他明亮的藍眼睛裡閃著與他妻子一樣的警覺目光。

艾薩克．波因茨和里奧．史坦是來自哈頓花園的鑽石商人。喬治爵士和馬蘿葳女士則來自不同的世界——昂蒂布朱安萊潘[6]的世界，聖讓德盧茲[7]的高爾夫球世界，冬日裡從馬德拉島[8]跳水洗海水浴的世界。

從表面上看來，他們像百合一樣不必為生活勞苦，也不需為生活奔波。也許這並不十分正確。只是勞苦與奔波的方法各有不同。

「小傢伙終於回來了。」伊凡．盧威林對拉汀頓夫人說。

他是個皮膚黝黑的青年，眼神流露出野狼般的饑渴，某些女人會覺得很有魅力。

拉汀頓夫人是否對他也有這種感覺，著實難說。她不是一個感情外露的人，年紀很輕就結了婚，但不到一年婚姻就徹底破裂了。從那時起，別人很難知曉珍妮．拉汀頓如何看待任何人、任何事，她的舉止總是始終如一，魅力十足卻又十分孤傲。

伊芙．萊瑟恩蹦蹦跳跳向他們走來，平直的金髮興奮地甩來甩去。她十五歲，笨手笨腳，卻充滿活力。

「我將在十七歲之前結婚，」她上氣不接下氣地宣稱，「嫁給一個相當有錢的男人，我們將有六個孩子；週三和週四是我的幸運日；我最好一直穿綠色或藍色的衣服；翡翠是我的幸運寶石，還有……」

「哎呀，寶貝，我想我們該走了。」她的父親說。

萊瑟恩先生是個皮膚白皙的高個子男人，看起來面色陰鬱，神情憂傷。

波因茨先生和史坦先生正從飛鏢處走過來。波因茨先生咯咯地笑著，史坦先生顯得有些憤憤不平。

「純粹是碰運氣。」他說。

波因茨先生快活地拍了拍口袋。

「從你那兒正正當當拿到了五英鎊。技巧，我的朋友，全靠技巧。我的老爸當年是一流的飛鏢手。好了，各位，我們走吧。你算過命了嗎，伊芙？他們是否告訴你要當心一個黑臉男人？」

「黑臉女人，」伊芙糾正道，「她眼睛有點斜視，如果我不小心，她就會對我非常刻薄。我將在十七歲之前結婚……」

這幫人開始向皇家喬治餐館走去。她高高興興地跑起來。

波因茨先生預先訂好了晚餐，一名侍者欠身引他們上樓，進入二樓的一個包廂。這裡已

6 昂蒂布朱安萊潘（Antibes Juan-les-Pins），法國一海邊度假聖地，位於尼斯與坎城之間。

7 聖讓德魯茲（Saint-Jean-Liz），法國西南部巴斯克灣一城市。

8 馬德拉島（Madeira），位於葡萄牙馬德拉群島中。

經擺好了一張圓桌。向外凸出寬大的圓肚窗朝港口廣場開著。遊樂場的噪音接連不斷地傳進來，其中三隻旋轉木馬嘶啞的嘎吱聲此起彼落各不相同。

「最好把窗戶關上，以便我們能夠聽清楚彼此說話。」波因茨先生冷冷地說著，走過去關上窗戶。

他們圍著餐桌坐下來。波因茨先生對客人們善意地微笑著。他覺得他對他們照料得很周到，他樂意照顧別人。他的目光逐一在眾人身上轉來轉去。馬蘿葳女士，不錯的一個女人……當然不是很聰明，他知道這一點，他非常清楚他這輩子掛在嘴上的所謂的「精英份子」與馬蘿葳一家幾乎無緣，可是那個時候那些所謂的精英人物也完全沒有意識到他的存在。不管怎麼說，馬蘿葳女士外表實在是很時髦，假如在打橋牌時她存心騙他，他也不在乎。和喬治爵士一起就不會玩得如此開心。那傢伙目光呆滯，恬不知恥，一心追名逐利。然而，他無法從艾薩克·波因茨身上撈到多少好處，這一點他很清楚。

老萊瑟恩人還不壞，當然，像大多數美國人一樣有嘮嘮叨叨的毛病，喜歡講些沒完沒了的長篇故事，習慣於打聽細節問題，常常弄得人發窘。達特茅斯有多少人口、海軍學院哪年建立的等等。他希望邀他作客的主人是一本活的貝德克旅遊指南[9]。伊芙是個快樂、可愛的小女孩，他喜歡逗她。她的嗓音像啃玉米餅似的，可是她鬼點子特別多，很聰明的小女孩。

年輕的盧威林似乎文靜了一些。他看起來總彷彿有什麼心事，或許是缺錢花。寫文章的人通常會這樣。他好像頗迷戀珍妮·拉汀頓。一個不錯的女人，有吸引力，也聰明。可是她不是把自己的作品硬塞給讀者，她專寫些適合趣味高雅的人會欣賞的東西，然而你不會想去聽她親自講述。還有老里奧！他已經不年輕了，有些發福。波因茨先生很愉快，他並沒有意識到他的搭檔這時也和他一樣在想他如何的不年輕又如何的發福。他糾正萊瑟恩先生說，沙丁魚不產自康沃爾而產於德文郡。他準備享用晚餐了。

「波因茨先生……」當一盤盤熱鯖魚端上來，侍者退出去之後，伊芙叫了一聲。

「什麼事，小姐？」

「你現在身上帶著那顆大鑽石嗎？昨天晚上你讓我們觀賞的那顆，你說你總是把它帶在身上？」

波因茨先生咯咯一笑。

「是呀，是呀。我的吉祥物，我總這樣稱呼它。是的，它在我身上，安然無恙。」

「我覺得那太不安全了。在遊樂場熙熙攘攘的人群中會被偷走。」

「不會的，」波因茨先生說，「我會小心保管。」

「他們會的，」伊芙固執己見。「你們英國和我們那裡一樣有好多壞蛋，不是嗎？」

9 貝德克旅遊指南（Baedeker），一八五〇年左右起在英國相當受歡迎的旅遊指南系列，創刊本由卡爾．貝德克（Karl Baedeker）發行，因此得名。

「他們不會拿到這顆『晨星』的，」波因茨先生說，「首先，它放在裡面的一個特殊口袋裡。另外，不管怎樣，老波因茨對自己有信心。誰也偷不走晨星。」

伊芙笑了。

「呃，呃……我敢打賭，我能偷走它。」

「保證你偷不走。」

波因茨先生看著她，眼睛閃閃發亮。

「那好，我保證能偷走。昨天晚上，你將鑽石圍著桌子遞來遞去，讓我們大家觀賞。之後，我躺在床上一直在盤算，想出一個偷走它的絕妙方法。」

「什麼方法？」

伊芙把頭歪向一側，一頭金髮顫個不停。

「我現在不告訴你。你拿什麼賭我偷不走它？」

波因茨先生回憶起自己的青年時代。

「半打手套。」他說。

「手套，」伊芙厭惡地喊道，「誰戴手套？」

「那麼，你穿不穿尼龍長襪？」

「怎麼不穿呢？我最好的那雙今天上午穿壞了。」

「那好。半打質量上乘的尼龍長襪……」

「噢，嗯，」伊芙快活地說，「那麼你呢？」

「我，我需要一支新的菸斗。」

「行，一言為定。你得不到菸斗的。現在我告訴你該怎麼做。你必須和昨晚一樣，把鑽石圍著桌子傳下去……」

她停下來不說話了，這時兩個侍者進來挪動盤子。他們開始上第二道雞肉時，波因茨先生說：「記住，小女孩，如果這是一次真正的偷竊行為，我會報警，到時候你會被搜身。」

「我沒問題。但你不必跟真的一樣叫警察來。馬蘿葳女士或拉汀頓夫人就可幫你進行全部的搜查。」

「好吧，就這樣，」波因茨先生說，「你將來要做什麼？一個一流的珠寶竊犯？」

「如果值得的話，我可能會把它當作一種職業。」

「如果你攜帶晨星逃走，就算值得。即使重新切割，這顆鑽石的價值也超過三萬英鎊。」

「天哪！」伊芙掩蓋不住激動的心情喊道，「要是兌換成美元那有多少？」

馬蘿葳女士發出一聲驚呼。

「你竟然隨身帶有這麼一塊鑽石？」她用責備的口吻說，「三萬英鎊。」她染黑了的眼睫毛顫抖著。

拉汀頓夫人柔聲地說：「那是一大筆錢……還有鑽石本身的吸引力……太漂亮了。」

「只不過是一團晶體碳而已。」伊凡．盧威林說。

「我向來認為『銷贓者』是珠寶偷竊中最難處理的環節，」喬治爵士說，「他獲得最大的一份……呃，什麼？」

「來吧，」伊芙興奮地說，「我們開始吧。掏出鑽石來，把昨天晚上的話再講一遍。」

萊瑟恩先生用深沉、傷感的語氣說：「我真的為我孩子感到抱歉。她有些激動……」

「就這樣吧，各位大伯，」伊芙說，「喂，波因茨先生……」

波因茨先生微笑著把手探入內衣口袋，掏出一樣東西。它躺在他的手掌中，在燈光下閃閃發亮。

「一顆鑽石……」

波因茨先生顯得相當拘謹，他把昨天晚上在快樂公主號上說過的話盡可能地重述一遍：「女士們，先生們，你們也許很想觀賞它吧？這是一顆非常美麗的鑽石。我叫它晨星。由於它是我的吉祥物，我到哪裡都帶著它。想看嗎？」

他把鑽石遞給馬蘿葳女士。馬蘿葳女士接過去仔細欣賞它的美，然後傳給萊瑟恩先生。

萊瑟恩先生有些做作地說：「很好，是的，很好。」

他又把它傳給了盧威林。

這時，侍者進來了，鑽石的傳遞過程暫時中斷。侍者離開之後，伊凡說：「很不錯的鑽石。」

她邊說邊把它傳給里奧・史坦。里奧・史坦不屑做出任何評論，只是很快地把它遞給了伊芙。

「多麼可愛呀！」伊芙用不自然的腔調高聲說道。

「噢！」鑽石從她手裡滑落下去，她發出一聲驚恐的叫喊。「我把它丟了。」她把椅子向後推了推，蹲下去在桌子下面摸來摸去。坐在她右邊的喬治爵士也彎下腰去。混亂之中，一個玻璃杯從桌子上碰落在地。史坦、盧威林和拉汀頓夫人都幫著尋找。最後，馬蘿葳女士也加入了他們的行列。

只有波因茨先生沒有參與搜尋。他依舊坐在座位上，啜著葡萄酒，訕笑著。

「噢，天哪，」伊芙說，仍然裝模作樣。「太糟糕了！它能滾到哪兒去呢？我哪兒都找不到。」

幫助搜尋的人一個個立起身來。

「確實不見了，波因茨。」喬治先生笑著說。

「幹得很漂亮，」波因茨先生邊說邊點頭表示讚許。「你會成為一名很出色的演員，伊芙。現在的問題是，你是不是把它藏在哪兒了，或者藏在你身上？」

「搜吧。」伊芙演戲般地說。

波因茨先生在屋角發現一個高大的屏風。

他朝它點了點頭，接著把目光轉向馬蘿葳女士和拉汀頓夫人。

「不知你們二位能否……」

「哦，當然可以。」馬蘿葳女士笑了笑說。

兩個女人站起來。

馬蘿葳女士說：「別擔心，波因茨先生。我們會仔細搜查她。」

三個人走到屏風後面。

房間裡很熱。伊凡．盧威林猛地推開窗戶。一個兜售報刊的小販正從樓下經過。伊凡丟下去一個硬幣，小販扔上來一份報紙。

盧威林展開報紙。

「匈牙利局勢極度惡化。」他說。

「那是不是當地的狂歡會？」喬治爵士問，「我感興趣的那匹馬今天該向哈爾登衝刺了，那匹『英俊少年』。」

「里奧，」波因茨先生說，「門上門。在這件事情結束之前，我不想讓那些該死的侍者隨意進進出出。」

「『英俊少年』贏得了三比一的賠率賭注。」伊凡說。

「投注賠率太低了。」喬治爵士說。

「大都是些賽艇消息。」伊凡瀏覽著報紙說。

三個年輕的女人從屏風後面走了出來。

「一點影子也沒有。」珍妮．拉汀頓說。

「我可以告訴你，她沒把鑽石藏在身上。」馬蘿葳說。

波因茨先生原以為他會從她手裡接過鑽石。她講話的語調如此堅定，他毫不懷疑她們已經徹底搜查過了。

「哦，伊芙，你不會把它吞下去吧？」萊瑟恩先生焦急地問，「那對你來說應該沒有什麼好處。」

「如果她吞下鑽石的話，我會看見的。」里奧．史坦平靜地說，「我一直在觀察她，她當時什麼也沒有放進嘴裡。」

「我哪能嚥得下去那麼一個有稜有角的大東西。」伊芙說。她把雙手放在臀部，看著波因茨先生。「這件事怎麼辦呢，我的老兄？」她問。

「你站在原地，別動。」波因茨先生說。

男士們把桌子收拾乾淨，倒過來。波因茨先生一點一點仔細查看。然後他又把注意力轉向伊芙剛才坐過的椅子及其兩側的椅子。

搜查很徹底，可是什麼也沒找到。

另外兩個男人和其他女人都幫助他尋找。伊芙．萊瑟恩站在牆邊的屏風附近，笑嘻嘻的，感到十分有趣。

五分鐘後，波因茨先生站起身，膝蓋的不適使他發出輕微的呻吟聲。他難過地撣去褲子上的灰塵，原來的精神不那麼充足了。

「伊芙，」他說，「我向你脫帽致敬，你是我碰過最了不起的珠寶小偷。我真的搞不清楚你把鑽石弄到哪兒去了。據我猜測，既然你身上沒有，它一定還在房間裡。我認輸了。」

「長筒襪是我的了？」伊芙問。

「是你的了，小女孩。」

「伊芙，我的孩子，你把它藏到哪兒去了呢？」拉汀頓夫人好奇地問。

伊芙輕快地走上前來。

「我告訴你們在哪兒。你們會氣瘋的。」

她徑直走向餐桌旁邊杯盤狼藉的偏桌，提起她的晚宴用的黑色小提袋……

「就在你們眼皮底下，就在……」

她快活、得意的聲音戛然而止。

「噢，」她吸了口氣。「噢……」

「怎麼了，親愛的？」她的父親問。

伊芙低語道：「不見了……不見了……」

「究竟怎麼回事？」波因茨先生靠過來問。

伊芙衝動地轉過身來，對他說：「事情是這樣的：我的小提袋的搭釦中央鑲有一顆大大的人造寶石，昨天晚上掉出來了。正當你讓每個人欣賞鑽石的時候，我注意到它和我提包上的那顆寶石幾乎一般大小。夜裡我就想到，把它偷來用一點黏土嵌入釦縫裡，該有多妙！我確信沒有人會發覺。今晚我就這樣做了。我先是丟掉鑽石，之後蹲下來，手裡握著提包，順手用一點黏土把它黏進釦縫中，然後把小提袋放到桌上，繼續假裝尋找鑽石。我想它就像那封『失竊的信』[10]，你知道，明顯地暴露在眾人的眼皮底下，看起來儼然是一塊普通的萊茵石。這個計畫很周密，你們誰也沒有發覺。」

「我懷疑。」史坦先生說。

「你說什麼？」

波因茨先生拿起提袋，查看一下空空的釦縫，上面仍舊黏著一塊黏土。他緩緩地說：

「也許掉出來了，我們最好再找找。」

又開始了一番搜尋，但奇怪的是，這一次大家卻在默默地搜尋，房間裡充斥著緊張的空氣。

最後大家都先後放棄了努力，立在原地你看我我看你。

「不在房間裡。」史坦說。

「沒有人離開過房間。」喬治爵士話裡有話。

短暫的沉默。

10 《失竊的信》（*The Purloined Letter*），推理小說始祖愛倫・坡（Edgar Allan Poe, 1809-1849）的著名謀殺故事。

伊芙突然哭了起來。

她的父親拍了拍她的肩膀。

「好了，好了。」他侷促不安地說。

喬治爵士轉向里奧．史坦。

「史坦先生，」他說，「剛才你小聲嘀咕了一句什麼。我請你再說一遍，你說沒什麼。可是事實上我聽到了你的話。伊芙小姐剛才說過我們沒人注意到她放鑽石的地方，而你咕噥的是：『我懷疑。』我們不得不正視如下事實：可能有人注意到了，那個人現在就在房間裡。我提議，此刻唯一公平、公正的做法是讓在場的每個人搜身。鑽石不會自己離開房間。」

喬治爵士若扮演年長的英國紳士，可以比誰都演得成功。他的聲音充滿了誠摯與憤慨。

「這一切，真令人不愉快。」波因茨先生悶悶不樂地說。

「都是我的錯，」伊芙抽噎著說，「我不是有意……」

「振作一下，小女孩，」史坦先生善意地說，「沒人責怪你。」

萊瑟恩先生用一副學究式的腔調慢條斯理地說：「嗯，當然可以，我認為喬治爵士的建議，我們每個人都會舉雙手贊成。反正我贊成。」

「我贊成。」伊凡．盧威林說。

拉汀頓夫人瞥了一眼馬蘿葳女士，後者點點頭以示同意。兩個女人走到屏風後面，嗚嗚咽咽的伊芙陪著她們一起。

一位侍者敲了敲門，房間裡的人要他走開。
五分鐘後，八個人用懷疑的目光相互打量著。
「晨星」真的消失在空氣中了……

§

帕克．潘先生若有所思地看著在他對面那個年輕男子憤怒的黝黑面孔。
「嗯，」他說，「你是威爾斯人，盧威林先生。」
「這和鑽石的事有什麼關係嗎？」
帕克．潘先生揮揮保養得很好的大手。
「我承認，沒有任何關係。我感興趣的是，不同種族類型在情感反應上的分類，就這些。讓我們回過來考慮一下你的問題。」
「我真的不知道為什麼我來找你。」伊凡．盧威林說。他的雙手神經質地抽搐著，黑黑的面孔帶著憔悴的神色。他沒有正眼瞧帕克．潘先生，後者仔細打量的目光似乎使他很不舒坦。「我不知道為什麼我來找你，」他重複道，「我到底能求助於誰呢？我到底能做什麼呢？是因為我已經無計可施，這才促使我……我看過你做的廣告，我記得一個朋友曾經提起過你，說你辦事總能辦成……於是，呃，我就來了！我覺得自己是個傻瓜，真不該來找你。

在我們的處境，人人都會無可奈何。」

「絕對不是這樣，」帕克．潘先生說，「我就是你要找的合適人選。我是解除不幸、消除不愉快的專家。很顯然這件事給你帶來了很多麻煩。你確定事實就是你告訴我的那樣嗎？」

「我想我沒有漏掉什麼環節。波因茨先生拿出鑽石，繞著桌子傳下去。那個可惡的美國孩子把它黏到她荒唐可笑的提包上，而當我們查看提包時，鑽石不見了。它不在任何人身上，甚至老波因茨本人也被搜了身——他自己這樣建議的——我敢發誓它根本不在那個房間裡！但沒有人離開房間……」

「房間裡沒有侍者嗎？」帕克．潘先生提示道。

盧威林搖了搖頭。

「在那女孩把鑽石的事弄得亂七八糟之前，他們就出去了。之後，波因茨把門閂上，不再讓他們進來。不，它還是在我們當中的某個人身上。」

「似乎是這樣了。」帕克．潘先生思索著說。

「那份該死的晚報，」伊凡．盧威林口氣尖酸地說，「我知道他們在想什麼……那是唯一的機會……」

「再告訴我一遍當時的情形，據實講來。」

「很簡單。我砰地推開窗戶，向小販吹了聲口哨，丟下一枚銅板，他把報紙扔上來。情況就是這樣，你知道，這是鑽石可能離開房間的唯一途徑……我把它扔給一個等候在街上的同謀。」

「不是唯一的途徑。」帕克·潘先生說。

「你能說出其他的途徑？」

「如果你沒有扔出去，就必定會有其他的途徑。」

「噢，我明白。希望你能說得更清楚一點。不過，我只能說，我沒把它扔出去。我不指望你或者其他人相信我。」

「噢，不，我相信你。」帕克·潘先生說。

「你真的相信我？為什麼？」

「你不是做案的那種類型，」帕克·潘先生說，「就是說，不是那種偷竊珠寶的特定類型。當然，你可能會犯下其他案件……我們先不談這個。不管從哪方面看來，我都不覺得你是偷竊晨星的人。」

「但別人都不這麼看。」盧威林憤憤不平地說。

「我明白。」帕克·潘先生說。

「那時，他們都用一種奇怪的目光盯著我。馬蘿葳拿起報紙，只是瞧了瞧窗戶，什麼也沒說。而波因茨立刻就領悟了他的意思！我看得出他們是怎麼想的。目前還沒有誰公開指責我，不過他們這樣已經糟透了。」

帕克．潘先生同情地點點頭。

「事實上更糟糕。」他說。

「是的，不過還只是懷疑。有人向我提出一個問題……他所謂的例行審訊。我想，他是那種穿筆挺襯衫的新一代警察，很圓滑老練，什麼也沒有挑明說。他只關心一個事實：我一直缺錢花，卻突然間成為有錢人。」

「你是這樣嗎？」

「是的，一兩匹賽馬為我帶來好運。不幸的是，我的賭注下在跑馬場，沒有證據能證明我是透過這種方式賺到錢。他們當然不會反駁我，但他們會說，如果他不想說明錢的來路，當然會撒這種謊。」

「我同意你的說法。不過他們仍得拿出證據。」

「噢！即使我真的被逮捕並且被指控偷竊，我也不害怕。從某種角度看，那還比較令人好受……至少我會知道自己的命運。他們所有人都認為我拿走了鑽石，這是多麼可怕的事。」

「尤其是其中某個人？」

「你的意思是……」

「一種猜測，僅此而已，」帕克．潘先生又揮揮那隻精心保養的手。「有個人很特別，不是嗎？我們可不可以說是拉汀頓夫人？」

盧威林黝黑的面孔一下子紅了起來。

「為什麼單單說她？」

「噢，我親愛的先生，很明顯，某個人的看法對你來說非常重要，或許那是一位女士。有哪些女士呢？一位美國少女？馬蘿葳女士？假如你完成了這次壯舉（偷竊鑽石），馬蘿葳女士對你的評價可能會提升而非下降……我對這位女士有些認識。那麼很清楚，只剩下拉汀頓夫人了。」

盧威林有些囁嚅地說：「她……她的過去很不幸。她的丈夫是個窮困潦倒的無賴，這使她不願再相信任何男人。她……如果她認為……」

他感到很難繼續說下去。

「是呀，」帕克·潘先生說，「我明白這件事很重要，必須盡快澄清事實。」

伊凡短促地一笑。

「說來容易。」

「做來更容易。」帕克·潘先生說。

「你這樣認為嗎？」

「唔，是的，問題如此一目了然。那麼多的可能性都已排除，答案一定極為簡單。我確實感到有點眉目了。」

盧威林用懷疑的目光注視著他。

帕克·潘先生掏出一本記事簿和一枝鋼筆。

「也許你可以向我簡單描述一下他們幾個人的特徵。」

「我不是已經告訴過你了嗎？」

「他們的個人形象，頭髮的顏色什麼的。」

「可是，帕克．潘先生，這和鑽石失竊的事有什麼關係嗎？」

「大有關係，年輕人，大有關係。可以做分類等等的。」

半信半疑的，伊凡向他描述了遊艇團各個成員的面貌特徵。

帕克．潘先生做了一兩次記錄，把記事簿推到一邊，說：「好極了。順便問一句，你是不是說，有個酒杯打碎了？」

伊凡又瞪了他一眼。

「是的，它從桌子上被碰落在地，然後有人在上面踩來踩去。」

「真麻煩，玻璃碴子，」帕克．潘先生說，「它是誰的酒杯？」

「我想是那個孩子伊芙的。」

「啊！那誰坐在她的旁邊，玻璃杯摔碎的那一側？」

「喬治．馬蘿葳爵士。」

「你沒有看見是誰把杯子碰掉的？」

「恐怕沒有。這很關鍵嗎？」

「事實上不見得，不，那只是表面問題。好啦，」他站起身。「再見，盧威林先生。三天之後請你再過來找我。我想那時整件事情將會圓滿解決。」

「你在開玩笑吧，帕克．潘先生？」

「我從不拿專業開玩笑，親愛的先生。這會引起客戶對我的不信任。我們可不可以約定星期五上午十一點半見面？謝謝你。」

§

星期五上午，伊凡懷著忐忑不安的心情走進帕克．潘先生的辦公室。在他心裡，希望與猜疑交錯著互占上風。

帕克．潘先生站起身，滿臉堆笑地迎接他。

「早安，盧威林先生。請坐。抽根菸嗎？」

盧威林揮揮手讓帕克．潘先生把遞過來的菸盒收回去。

「事情如何了？」他問。

「實在順利極了，」帕克．潘先生說，「昨天晚上警察逮捕了那個犯案集團。」

「集團？什麼集團？」

「阿瑪菲集團。當你告訴我你的遭遇，我馬上就聯想到了他們。我斷定那是他們慣用的做案方式。後來你向我一一描述了那些客人的面貌特徵，我心裡就越發確信是他們了。」

「阿瑪菲集團是哪些人？」

「一個父親、一個兒子和兒媳——就是說，假使皮耶特和瑪麗亞真的結了婚——有些人不相信他們是一家子。」

「我不明白。」

「很簡單。姓名是義大利姓名，血統無疑也是義大利血統，然而老阿瑪菲出生於美國。他的做案方式大都雷同。他裝扮成一個商人，再刻意接近某個歐洲珠寶行業的重要人物，然後開始耍他的小花招。這次，他鎖定跟蹤『晨星』，因為波因茨的個性在珠寶界眾所周知。瑪麗亞．阿瑪菲扮演了女兒的角色（令人驚訝的女性，至少二十七歲了，卻總是扮演十六歲的角色）。」

「不會是伊芙吧！」盧威林倒抽了口涼氣。

「千真萬確。這一集團的第三名成員設法讓皇家喬治餐館雇用為代班侍者……記住，這是假日時間，他們需要臨時雇員。他也許甚至收買了一名餐館內部的正式員工，代替他上班。準備工作就緒，伊芙開始向老波因茨挑釁，他同意與她打賭。像前一天晚上一樣，他把鑽石遞給桌子周圍的人們，讓他們一一觀賞。幾名侍者進入房間，萊瑟恩拿著鑽石直到他們離去。他們真的離去時，鑽石也隨之而去了。它巧妙地裹在一塊口香糖裡，黏在皮耶特撤走的盤子底下。就這麼簡單！」

「但在那之後我還看見了鑽石。」

「不，不，你看見的是一件鉛質玻璃複製品，不仔細看，它就像真的一樣。你告訴過我，史坦幾乎連看都沒看一下。伊芙丟掉假鑽石，同時碰落一個酒杯，然後把假鑽石和玻璃杯碎片一起沉著地踩在腳下。鑽石就這樣神祕地消失了。伊芙和萊瑟恩兩人可以任憑別人搜身。」

「不過，我……」伊凡搖搖頭，顯得茫然無措。「你說你從我的描述推論是那個集團。他們以前耍過這種把戲嗎？」

「未必耍過，可是那是這幫人慣用的伎倆。你講到伊芙時，我的注意力立刻自動地轉到了那女孩身上。」

「為什麼？我沒懷疑她……誰也沒懷疑她。她好像是那麼……那麼小的一個孩子。」

「那是瑪麗亞．阿瑪菲的特殊本領。她比任何孩子更像一個孩子。還有黏土！他們的打賭看起來很自然……不過那小女孩手頭早預備有一些黏土，一切都是蓄意而為。所以我懷疑的焦點馬上集中在她身上。」

盧威林站起身來。

「好吧，帕克．潘先生，我對你感激不盡。」

「分類，」帕克．潘先生小聲咕噥道，「罪犯類型的分類，這使我很感興趣。」

「請你告訴我需要多少，呃……」

「我的收費很合理，」帕克．潘先生說，「不會使你的賭馬收益損失太多。不過，年輕人，我想勸你，以後別再賭馬了。賽馬，是非常捉摸不定的一種動物。」

「好的。」伊凡說。

他與帕克．潘先生握握手，大步走出辦公室。

他招了一輛計程車，告訴司機珍妮．拉汀頓寓所的地址。

他有一股衝動，想把眼前的一切據為己有。

06

愛情偵探

Problem at Pollensa Bay

本篇故事於一九五〇年首次發表，收錄於《三隻瞎眼老鼠及其他故事》，由美國大德及米德發行公司出版。

小個子沙特衛先生若有所思地望著男主人。這兩個男人之間的友誼相當奇特。上校是一位樸實的鄉下紳士，平生酷愛體育。他出於無奈在倫敦逗留幾個星期，卻過得很不自在。相反地，沙特衛先生是個都市人。他對法國料理、仕女服裝以及所有最新八卦都瞭如指掌。他醉心於對人性的觀察，在他自己的特殊職業中——一個生活的旁觀者——堪稱行家。

因此，看來他和梅羅士上校幾乎沒有共同之處，上校對鄰里之事概無興趣，對任何一種情感都極度害怕。這兩個男人之所以成為朋友，主要是因為他們的父親是朋友。另外，他們也認識同樣的人，對暴發戶均持反對觀點。

此時大約七點半。兩個男人坐在上校溫馨舒適的書房裡，梅羅士正以一種獵人般的執著和熱情講述去年冬天的一次賽馬。沙特衛對馬的了解只限於每週日上午去看一眼至今還飼養在老鄉下馬廄中的馬兒，但他始終耐心地聽著。

一陣刺耳的電話鈴聲打斷了梅羅士的興致。他走過去，拿起桌上的話筒。

「喂？是的，我是梅羅士上校。什麼？」

他的整個動作變了，變得生硬、規矩。現在他是以地方治安官而不是體育愛好者的身分在講話。

他聽了一會，然後簡短地說：「好的，柯蒂斯。我馬上就來。」他放下話筒，轉向他的客人。「有人發現詹姆斯·段騰爵士在他的書房裡被謀殺了。」

「什麼？」

沙特衛先生感到一陣驚愕和震顫。

「我必須迅速趕到奧德路。願意和我一起去嗎？」

沙特衛先生記起上校是本郡的警察局長。

「如果不妨礙公務的話……」他遲疑不決。

「不會的。剛才是柯蒂斯警官打來的電話。他是一個好心的老實人，但沒什麼腦子。沙特衛，如果你願意陪我一起去，我會很高興。我知道這是一項令人討厭的差事。」

「他們抓到凶手了嗎？」

「沒有。」梅羅士簡短地答道。

沙特衛先生訓練有素的耳朵從這個簡單的否定裡覺察出一絲保留。他開始回憶段騰一家的情況。

已故詹姆斯爵士是個舉止傲慢的老頭子，態度粗暴，容易樹敵；年紀六十上下，頭髮花白，面色紅潤，是個出了名的吝嗇鬼。

他又想起了段騰夫人。她的形象浮現在他眼前，年輕、赭髮、苗條。他回想起各種謠傳的明言暗語、一則則奇怪的小道消息。原來如此，這就是梅羅士愁眉苦臉的原因。這時候他站起身來，他的想像力隨著他繼續馳騁。

五分鐘後，沙特衛先生鑽進男主人的雙座小轎車，在他身旁坐下來，他們駕車駛入了夜色中。

上校平素是個沉默寡言的人。他開口說話時，他們實際上已經開出一英里半的路程。那時他突然急切地問道：「我猜，你認識他們？」

「段騰夫婦嗎？當然認識，他們的事我都知道。」有誰的事沙特衛先生不知道呢？「我想，我只碰到過他一次；而她，我比較常見到。」

「一個可愛的女人。」梅羅士說。

「很美麗！」沙特衛先生斷言。

「是嗎？」

「一個文藝復興時期的典型，」沙特衛先生宣稱。他逐漸深入自己的主題。「她參加戲劇演出……去年春天的慈善日戲，你知道。她給我留下的印象極深。她渾身嗅不出一絲現代氣息，活脫脫是個舊時代的倖存者。你可以想像她在總督府的情形，或是把她想像成露可琪亞．波吉亞[11]。」

梅羅士上校的轎車驟然拐了個彎，沙特衛先生的思緒一下子斷了。他不知道為什麼自己鬼使神差地說出露可琪亞．波吉亞這個名字。在當時的情況下……

「段騰不是被人毒死的，對吧？」他冷不防地問了一句。

梅羅士側目看了看他，有些奇怪。

「我不知道你為何問這個問題？」他說。

「噢，我……我也不知道，」沙特衛先生有些慌亂。「我只是突然想到。」

「噢，他不是，」梅羅士愁容滿面地說，「如果你想知道的話，他是被人用東西砸在頭上致死的。」

「用一把鈍器。」沙特衛先生顯出會意的樣子，點點頭，喃喃地說。

「別說得像一部該死的偵探小說，沙特衛，他是被人用一尊青銅塑像砸在頭上致死的。」

沙特衛先生「噢」了一聲，不再說話。

「你認不認識一個叫保羅．德朗瓦的傢伙？」一兩分鐘後，梅羅士問道。

「認識。一表人才的年輕人。」

「我敢說女人會如此評價他。」上校咆哮道。

「你不喜歡他？」

「是的，不喜歡。」

「我原以為你會喜歡他的。他是個很出色的騎師。」

11 露可琪亞．波吉亞（Lucrezia Borgia, 1480-1519），義大利文藝復興貴族波吉亞家族一員，教皇亞歷山大六世之女。

「就像賽馬會上的外國人，耍的淨是猴子把戲。」

沙特衛先生擠出一絲笑容。可憐的梅羅士在外表上具有地地道道不列顛民族的特徵。沙特衛先生對自己見多識廣頗感寬慰，因此他才能夠怡然地批評這種褊狹的處世態度。

「他到這裡來了嗎？」他問。

「他一直和段騰夫婦一起住在奧德路。有人謠傳說，詹姆斯爵士一週前把他攆走了。」

「為什麼？」

「我猜，爵士發現他與他妻子有姦情。沒有辦法……」

轎車突然方向一轉，接著傳來刺耳的撞擊聲。

「英國的十字路口太危險了，」梅羅士說，「不過，那輛車的司機應該按按喇叭，我們走的是大道。我想他所受的損害比我們要大。」

他跳下車去。一個人影從另一輛車上出來，走到他面前。沙特衛先生斷斷續續地聽到兩人的談話。

「恐怕都是我不好，」陌生人說，「可是我對這裡的路況並不熟，而且沒有預警您會從大道上開車過來。」

上校的態度更加溫和，他的回答也很得體。兩個人在陌生人的車前一塊彎下身去。司機已經在做檢查。談話的專業性強了起來。

「恐怕需要半個小時的工夫，」陌生人說，「不過別因為我耽誤您，您的車看來沒有受到什麼損壞，我很高興。」

「事實上……」上校開口說道，然而卻被打斷了。

沙特衛先生如小鳥出籠般欣喜萬分地從車裡鑽出來，熱情地握住了陌生人的手。

「果不其然！我覺得聽起來是你的聲音，」他興奮地宣布，「真是不可思議！不可思議呀！」

「呃？」梅羅士上校疑惑地說了一聲。

「這是哈利．鬼豔先生。梅羅士，你已經多次聽我提起過鬼豔先生的名字了。」

梅羅士上校似乎已經記不得了，可是他仍然禮貌地站在原地。沙特衛先生繼續高興地吱吱喳喳說個不停。

「我多久沒見你了，讓我想想……」

「自從那天晚上在『鈴鐺與小丑裝』。」另一位平靜地說。

「鈴鐺與小丑裝，呃？」上校懵懵懂懂地問。

「是一家旅舍。」沙特衛先生解釋道。

「多怪的旅舍名字。」

「不過是個老招牌，」鬼豔先生說，「記不記得，在英國有段時期，鈴鐺與小丑裝很盛行。」

「我想是的，您說的應該沒錯。」梅羅士含糊其辭地說。

他眨了眨眼睛。由於燈光的奇異效果——一輛車的頭燈和另一輛車的紅色尾燈交織在一起——鬼豔先生一瞬間看起來彷彿身著小丑裝一樣。然而那只是燈光罷了。

「我們不能把你放在這裡不管，」沙特衛先生接下來說，「你得和我們一起走。車裡能坐三個人，是不是，梅羅士？」

「噢，當然，」然而上校的語氣顯得有些遲疑。「只是，」他說，「我們有公務在身，對吧，沙特衛？」

沙特衛先生站在那裡一動也不動，而他的思緒卻在飛速地轉來轉去。他激動地猛搖頭。

「不，」他喊道，「不，我早該料到了！你的出現絕非偶然，鬼豔先生。今天晚上我們大家在這個十字路口碰頭，絕不是意外。」

梅羅士上校驚訝地瞪著他的朋友。沙特衛先生拉住他的手。

「你是否還記得我給你講過的事，我們的朋友德瑞克．卡佩爾的事？他自殺的動機，誰也猜不出來，是鬼豔先生解開了那個謎，後來還有一些事都是他幫忙解決的。他向人們展示的是早已存在而人們卻看不出來的事理。他很了不起。」

「我親愛的沙特衛，你真讓我慚愧。」鬼豔先生微笑著說，「根據我的印象，這些事理都是你發現的，不是我。」

「因為是你在場才能發現的。」沙特衛先生十分令人信服地說。

「好啦，」梅羅士上校不自在地清了清喉嚨。「我們不要再浪費時間了。上路吧！」

他爬上司機的座位。沙特衛先生熱心地邀請那個陌生人與他們同行。他感到不太樂意，卻又說不出什麼反對的理由；況且他又想盡快趕到奧德路，心裡很著急。

沙特衛先生催促鬼豔先生先上車，他自己坐在最外邊。車裡頗為寬敞，坐了三個人也並未太擁擠。

「這麼說，你對犯罪事件很感興趣了，鬼豔先生？」上校盡可能親切地問道。

「不，確切地說，不是犯罪事件。」

「那麼，是什麼？」

鬼豔先生笑了。

「我們請教一下沙特衛先生吧。他算得上一位目光敏銳的觀察家。」

「我認為，」沙特衛先生緩緩地說，「也許我說得不對……不過我認為鬼豔先生感興趣的是……戀人問題。」

他說「戀人」一詞的時候臉紅了，沒有一個英國人說出這個詞語而不感到害羞的。沙特衛先生不好意思地說了出來，並且帶著強調的意味。

「哎喲，天哪！」上校驚愕得說不出話來。

他暗想，沙特衛先生的這位朋友真夠古怪的。他側目瞥了一眼，那人看起來沒有什麼……相當正常的年輕人。面色黝黑，然而並無絲毫異常之處。

「現在，」沙特衛自命不凡地說，「我必須把全部情況告訴你。」

他談了大約十分鐘。黑暗中坐在車上往夜幕裡疾馳，他感到有一股令人興奮的力量。即使他真的只是生活的旁觀者，那又有什麼關係呢？他有駕馭語言的能力，可以把零碎的字詞串起來，形成一幅圖案——一幅文藝復興時期的奇特圖案，圖案上有美麗的蘿拉．段騰，有她白皙的臂膀和紅色的頭髮，也有保羅．德朗瓦幽靈般的黑色身影，那是女人心中的瀟灑偶像。

說完這些，他開始介紹奧德路。奧德路在亨利七世的時候——有人說，是在那之前——就已經存在了。它是道道地地的英國式大道，兩旁有修剪整齊的紫杉，古老的喙形建築和魚塘，以前那裡的修士在魚塘內養了鯉魚，以備週五宗教節日饗宴之用。

三言兩語，他就勾勒出詹姆斯爵士的形象。他是古老的德．威頓斯家族的合法後裔。很久以前，這個家族從這塊土地上千方百計謀取錢財，然後牢牢地鎖入金庫。因而，在艱難的歲月裡，不管別人誰家不幸破落，奧德路的主人們卻從未嘗過窮困潦倒的滋味。

沙特衛先生終於講完了。他確信，在講述的過程中，他的話會引起聽者的共鳴。此刻他等待著他本應得到的讚美。如他所願，他聽到了如下的稱讚：「你不愧是一位藝術家，沙特衛先生。」

「我……我只是盡力而為。」這個小矮子忽然謙卑起來。

幾分鐘後，他們已經拐進詹姆斯爵士宅院的大門。此時，小汽車在房子門口停下來，一個警察急忙走下台階迎候他們。

「晚安，先生，柯蒂斯警官正在書房裡。」

「好的。」

梅羅士快步跨上台階，另外兩人跟在後面。他們三人穿過寬敞的大廳時，一個上了年紀的男管家從一道門口用恐懼的目光偷偷注視著他們。梅羅士朝他點點頭。

「晚安，邁爾斯。真是一次不幸的事件。」

「的確是的，」男管家顫巍巍地說，「我幾乎不敢相信，先生，的的確確不相信。想想看，誰都能害死主人。」

「是的，是的，」梅羅士打斷了他的話。「我一會兒再和你談。」

他闊步走向書房。一個膀大腰圓、軍人風度的警官恭敬地向他致意。

「事情很糟糕，先生。我還未弄亂現場。凶器上沒留下任何指紋，做案的人不管是誰，他都很內行。」

沙特衛先生看了一眼那個坐在書桌旁腦袋下垂的身影，急忙又把目光移開了。那人是從背後被人擊中的，猛烈的一擊把腦殼都擊碎了。真是慘不忍睹。

凶器扔在地板上，一尊大約兩英尺高的青銅塑像，底座溼漉漉地沾滿了血。沙特衛先生好奇地彎下身去。

「維納斯，」他輕輕地說，「這麼說他是被人用維納斯擊倒的。」

他腦子裡開始了富有詩意的聯想。

「所有的窗戶……」警官說，「都關著，裡面上著插銷。」

他煞有介事地停頓下來。

「徹底地檢查一下，」警官不情願地說，「之後我們就會明白。」

被害人身穿高爾夫球衣，一包高爾夫球桿凌亂地散置在寬大的皮革長沙發上。

「剛從高爾夫球場回來，」警官順著上校的目光看了看，解釋道，「那是在五點一刻。他吩咐男管家把茶端上來，之後又按鈴讓自己的貼身男僕為他拿來一雙軟拖鞋。據我們了解，男僕是最後一個看見他活著的人。」

梅羅士點了點頭，又把注意力轉向了書桌。

書桌上的許多飾物倒的倒、碎的碎，其中很顯眼的是一座又大又黑的琺瑯鐘，朝一側倒在桌子的正中央。

警官清了清嗓子。

「這就是你所謂的運氣，先生。」他說，「你看，鐘停了，停在六點半。這已告訴我們兇手做案的時間。太省事了。」

上校盯著那座鐘。

「如你所言，」他說，「很省事。」他停了一會，接著又說：「真她媽的太省事了！我不喜歡省事，警官。」

他看了看隨他一起來的另外兩位，目光裡流露出懇求的神色，與鬼黠先生的目光碰在一起。

「真該死，」他說，「這太乾淨俐落了。諸位知道我是什麼意思。事情不該這樣發生。」

「你是說，」鬼豔先生喃喃低語，「座鐘不該那樣倒下？」

梅羅士注視他一會，又回頭盯著那座鐘。座鐘顯得可憐兮兮、天真無邪，凡是突然間被奪去尊嚴的物品都會給人這種感覺。梅羅士上校小心翼翼地重新把它擺正。他一拳猛擊桌子，鐘震了一下，卻沒有歪倒。梅羅士又擂了一拳，座鐘才有些勉強地慢慢仰面倒下。

「凶案什麼時候被發現的？」梅羅士忽然問道。

「快七點的時候，先生。」

「誰發現的？」

「男管家。」

「叫他過來，」警官說，「我現在要見他。順便問問，段騰夫人在哪裡？」

「她在休息，先生。她的女僕說她疲憊不堪，不見任何人。」

梅羅士點點頭。柯蒂斯警官去找男管家。鬼豔先生若有所思地觀察著壁爐。沙特衛先生也在觀察壁爐，他瞧了一會悶燒的短棍木柴，之後爐架上一個亮晶晶的東西引起了他的注意。他彎腰撿起一小塊銀白色的弧形玻璃。

「您找我，先生？」

這是男管家的聲音，依舊那麼顫抖、那麼含混不清。沙特衛先生把玻璃碎片悄悄地塞進自己的馬甲口袋裡，轉過身來。

老管家立在門口。

「坐吧，」上校親切地說，「你渾身抖個不停，我覺得這件事對你是個很大的震驚。」

「確實如此，先生。」

「好吧，我不耽擱你太久。我想你的主人是五點剛過後回來的，對吧？」

「是的，先生。他吩咐我把茶端到這裡。後來，我進來拿走茶盤的時候，他要我喊詹寧斯過來……那是他的貼身男僕，先生。」

「那是什麼時間？」

「大約六點十分，先生。」

「嗯，後來呢？」

「我把主人的話傳給詹寧斯，先生。等我七點再回這裡來準備關上窗戶、拉上窗簾的時候，我才看見……」

梅羅士打斷他，說：「好了，好了，你不必多說。當時你沒有碰屍體，也沒有動房間裡的東西，對吧？」

「噢！當然，先生！我盡可能迅速地趕去打電話報警。」

「然後呢？」

「我告訴珍——女主人的女僕，要她把消息通知女主人。」

「今天晚上你一次也沒看到你的女主人嗎？」

梅羅士上校提出這個問題時，顯得相當隨意，而沙特衛靈敏的耳朵仍然從他的口氣裡捕捉到一絲焦慮。

「沒機會和她說話，先生。悲劇發生後，女主人一直待在她自己的房間裡。」

「那之前你見過她嗎？」

問題問得很突然，房間裡的每個人都覺察到男管家回答之前的猶豫不決。

「我……我只瞥見她，先生，走下樓梯。」

「她來這裡了嗎？」

沙特衛先生屏住呼吸。

「我……我想是的，先生。」

「那是什麼時間？」

房間裡靜得連針落地的聲音都能聽見。沙特衛先生不清楚那老管家是否知道他該怎麼回答。

「將近六點半，先生。」

梅羅士上校深吸了一口氣。

「就這樣吧，謝謝你。請你通知詹寧斯，那個男僕，過來見我。」

詹寧斯聽到傳喚馬上就來了。他的臉瘦瘦長長，走起路來躡手躡腳，一副狡黠詭祕、諱莫如深的樣子。

沙特衛先生想，如果這個人有把握不被人發覺，他會輕而易舉地謀害自己的主人。

他迫不及待地要聽那人對梅羅士上校的問題如何作答。不過，那人的講述似乎相當簡單、直率。他為他的主人拎來一雙軟皮便鞋，拿走了那雙粗革厚底皮鞋。

「那之後你做了些什麼，詹寧斯？」

「我回到了管事房裡，先生。」

「你是什麼時候離開你的主人？」

「應該是剛過六點一刻，先生。」

「六點半你在哪裡，詹寧斯？」

「在管事房裡，先生。」

梅羅士上校點點頭打發了那個男僕，然後用詢問的眼神看著柯蒂斯。

「一點也沒錯，先生，我調查過了。從六點二十左右到七點，他都在管事房裡。」

「那麼說，他就是來為主人送鞋的。」警官有些懊喪地說，「除此之外，再沒有什麼用意了。」

他們彼此看了一眼。

有人在敲門。

「進來。」上校說。

一個看起來驚恐不安的貼身女僕出現在門口。
「夫人聽說梅羅士上校在這裡，她想見他可以嗎？」
「當然可以，」梅羅士上校說，「我這就來。你能帶我去嗎？」
然而，突然有一隻手將女僕推到一邊。站在門口的是一個完全不同的身影。蘿拉・段騰好像是來自另外一個世界的造訪者。
她穿著緊身的中世紀式暗藍色織錦茶會禮服，赭髮從中間分開，兩側分別遮住耳朵。段騰夫人自知自己的髮型獨特，於是從不剪髮，只是把兩束頭髮在頸背隨意綰一個小結。她裸著雙臂。
她用一隻手扶住門框平衡自己，另外一隻垂在身旁，手裡握著一本書。沙特衛先生想，她宛如義大利早期油畫裡的聖母瑪利亞。
她站在那裡，身體輕微地扭來扭去。梅羅士上校急忙跨上一步。
「我來是為了告訴你，告訴你……」
她的嗓音低沉、圓潤。此情此景相當富有戲劇色彩，沙特衛先生沉醉其中，竟然忘了眼前的真實情況。
「等一等，段騰夫人……」
梅羅士伸出一隻手環著她的腰扶住她。他帶她穿過大廳進入一個小會客室，室內牆上掛著褪了色的絲質壁毯。鬼豔和沙特衛跟了進來。她一下子陷入低矮的小沙發裡，頭倚在一個赭色的靠墊上，雙目緊閉。三個男人注視著她。忽然她睜開眼睛，坐起來，非常鎮靜地說：

「我殺了他。我來就是要告訴你這個消息，我殺了他！」

一陣令人難堪的沉默。沙特衛先生的心跳都停止了。

「段騰夫人，」梅羅士說，「您受的刺激太大了，神經緊張。我認為您並不很清楚自己在說些什麼。」

她會趁著還有時間，收回自己的話嗎？

「我十分清楚自己在說什麼。是我開槍打死了他。」

室內有兩個男人先後倒吸了口氣，另外一個沒有作聲。蘿拉．段騰向前俯著身體，一動不動。

「你們還不明白？我下樓打死了他，我承認了。」

她手裡一直握著的那本書叭噠掉在地板上。書裡有一把裁紙刀，形如一把用寶石裝飾刀柄的匕首。沙特衛先生動作呆板地撿起拆信刀，放到桌子上。他一邊那樣做，一邊暗想：那是一件危險的工具，它可以用來殺人。

「嗯……」蘿拉．段騰的聲音顯得不耐煩，「你們會對我怎麼樣呢？逮捕我？把我帶走？」

梅羅士上校感覺到自己的話音很不輕鬆。

「您告訴我的情況很嚴重，段騰夫人。我必須請您先回自己的房間，直到我，呃，做好安排。」

她點點頭站起身來。現在她表情安詳、莊重而冷峻。

她向門口轉過身去，這時鬼豔先生問道：「您把那把手槍怎麼處理了，段騰夫人？」

她的臉上閃過一絲顫動。

「我……我把它丟在房間的地板上了。不，我想我把它扔出窗外了……噢！我現在記不得了。這有什麼關係？我幾乎搞不清自己做了些什麼。這沒有什麼關係，對吧？」

「是的，」鬼豔先生說，「我覺得這根本沒有什麼關係。」

她疑惑地看著他，表情似乎有些驚恐，隨即驀然回過頭去，匆匆離開房間。沙特衛先生急忙跟上去。他有一種預感，她隨時都會跌倒。可是她已經走到樓梯中間，並未表現出疲憊的樣子。那個驚恐不安的女僕站在樓梯腳下，沙特衛先生用命令式的口氣對她說：「照顧夫人去。」

「是，先生，」女僕準備爬上樓梯趕上那個藍袍女人。「噢，請告訴我，先生，他們沒有懷疑他，對吧？」

「懷疑誰？」

「詹寧斯，先生。噢！說實在話，先生，他連一隻蒼蠅都不會傷害。」

「詹寧斯？不，當然不會。去照顧你的女主人吧！」

「是的，先生。」

女僕飛快地上了樓梯。沙特衛先生回到他剛才離開的會客室。

梅羅士上校沉重地說：「唉，事情沒那麼簡單，要比表面看來複雜得多。這……這彷彿是小說中女主角常做的蠢事。」

「不像是真的，」沙特衛先生和他的看法一致。「就像在舞台上演戲似的。」

鬼豔先生點了點頭。

「沒錯，你很欣賞這場戲，不是嗎？你是個懂得欣賞精湛演技的人。」

沙特衛先生狠狠地瞪了他一眼。

接著，三個人都閉口不語。突然，他們聽到遠處傳來一個聲響。

「聽起來像一聲槍響，」梅羅士上校說，「我覺得是獵場看守人開的槍。也許，她聽到的就是這種聲音；也許她因此下樓來看個究竟。她不會走近去檢查屍體，只是馬上草率地得出結論……」

「德朗瓦先生來了，先生。」是老管家在說話，他正歉然地站在門口。

「呃？」梅羅士問，「什麼事？」

「德朗瓦先生來了，先生，他想和您談談，可以嗎？」

梅羅士上校把身子靠在椅背上。

「讓他進來。」他嚴厲地說。

不一會兒，保羅．德朗瓦便站在門口。正如梅羅士上校說過的那樣，他身上有種不合乎英國人特徵的東西——他嫻雅的舉止，黝黑漂亮的面孔，靠得太近的雙眼。他渾身透出一股文藝復興時期的氣息。他和蘿拉．段騰給人的感覺很相似。

「晚安，先生們。」德朗瓦說著，演戲似地微微欠了欠身。

「我不知道你來此有什麼事，德朗瓦先生。」梅羅士上校尖刻地說，「假如是和眼前的這個案子無關的話……」

德朗瓦笑了笑打斷了他。

「正好相反，」他說，「與案情大有關係。」

「什麼意思？」

「我是說，」德朗瓦平靜地回答，「我是來自首的，是我謀殺了詹姆斯．段騰爵士。」

「你知道你在說什麼嗎？」梅羅士嚴肅地問。

「完全知道。」

年輕人目不轉睛地盯著桌子。

「我不明白……」

「我為何要自首？說是悔恨也罷，你樂意說什麼就說什麼。我捅死了他，捅在要害之處，你們對此再清楚不過了。」他朝桌子點點頭。「我看見你們放在桌上的凶器了。很方便的小工具。段騰夫人不巧把它夾在一本書裡，我碰巧抓起它……」

「等一等，」梅羅士上校說，「你是不是在供認你用這把刀殺死了詹姆斯爵士？」

他把匕首高高地擎在手中。

「完全正確。我從窗戶偷偷爬進房間，你知道。他背對著我。很容易的。我是從原路離開房間的。」

「經由窗戶？」

「當然，經由窗戶。」

「什麼時間？」

德朗瓦猶豫片刻。

「讓我想想，我正和獵場看守人聊天，那是在六點一刻。我聽到了教堂塔頂的鐘聲。一定是……呃，大約六點半。」

一絲冷笑掛到上校的嘴邊。

「千真萬確，年輕人，」他說，「時間是六點半。也許你已經聽人說過這個時間？這是一起極為奇特的謀殺案！」

「為什麼？」

「這麼多人承認殺了人。」梅羅士上校說。

他們聽到那個年輕人急促的吸氣聲。

「還有誰承認過？」他努力用平穩的語調問，可是徒勞無益。

「段騰夫人。」

德朗瓦甩過頭去，不自然地笑了一聲。

「段騰夫人很容易歇斯底里，」他輕描淡寫地說，「如果是我，就不會把她的話當一回事。」

「我不會，」梅羅士說，「這起謀殺案中還有一處奇怪的疑點。」

「是什麼？」

「是這樣的，」梅羅士說，「段騰夫人承認自己開槍打死了詹姆斯爵士，你卻承認用刀捅死了他。但你們兩位都很幸運，他既不是被槍殺，也不是被捅死。他是頭被人砸碎了。」

「天哪！」德朗瓦大喊一聲。「可是一個女人不可能……」

他停下來，咬著嘴唇。梅羅士點點頭，露出一絲隱笑。

「這經常從書中讀到，」他自言自語，「卻從未親自碰到過。」

「什麼？」

「一對癡情男女彼此指責自己，原因是他們都以為對方做了傻事。」梅羅士說，「現在我們不得不從頭開始了。」

「貼身男僕！」沙特衛先生大聲說，「那個女僕剛才……但我那時沒在意。」他停了停，盡量說得連貫一些。「她害怕我們懷疑他。他一定有過某種動機，只是我們不知道，而她卻很清楚。」

梅羅士上校蹙了蹙眉，然後按一下鈴。有人進來之後，他吩咐道：「請問問段騰夫人，看她是否可以紆尊再過來一次。」

他們靜靜地等待著，她終於來了。一看見德朗瓦，她哆嗦了一下，伸出一隻手來以免自己摔倒。梅羅士上校急忙走上去攙住她。

「沒有什麼事，段騰夫人。請不要擔心。」

「我不明白。德朗瓦先生在這裡幹什麼？」

德朗瓦向她走過去。

「蘿拉，蘿拉，你為什麼那麼做？」

「那麼做？」

「我知道了。你是為了我，因為你認為，嗯，那是很自然的，我想。可是，噢！你這個天使！」

梅羅士上校咳了一聲。他是個不喜歡感情用事的人，害怕任何戲劇性的場面。

「如果您允許我這麼說的話，段騰夫人，您和德朗瓦先生兩人都很幸運，你們都沒有凶殺嫌疑。他剛才也承認自己是凶手……噢，什麼事也沒有，他沒殺人！然而我們是想了解事實的真相，不想再這麼兜圈子浪費時間。男管家說您在六點半時去了書房。是那樣嗎？」

蘿拉瞟了一眼德朗瓦，後者點了點頭。

「事實真相，蘿拉，」他說，「我們現在需要講明的是事實真相。」

她深深地嘆了一口氣。

「我告訴你們吧。」

沙特衛先生慌忙推過去一把椅子，她坐了下來。

「我的確下樓了。我打開書房的門，看見……」

她停下來克制著自己的感情。沙特衛先生欠了一下身子拍拍她的手，鼓勵她說下去。

「是的，」他說，「是的。您看見……」

「我的丈夫趴在書桌上。我看見他的，血……噢！」

她雙手捂住臉。上校也靠上前來。

「請原諒，段騰夫人。您以為德朗瓦開槍打死了他？」

她點點頭。

「原諒我，保羅，」她懇求道，「可是你說，你說……」

「我會像殺隻狗一樣把他殺死，」德朗瓦陰森森地說，「我記得，我是那天發現他一直在虐待你的時候說這話的。」

上校絲毫不離開談話的主題。

「那麼，我明白了，段騰夫人，您再次上樓去，呃，什麼也沒說。我們不談您這樣做的理由。當時，您有沒有接觸屍體或者走近書桌？」

她猛地打了個寒顫。

「沒……沒有。我馬上就跑出了房間。」

「我明白，我明白。當時是什麼時間，您知道嗎？」

「我回到臥室時，剛好六點半。」

「那麼，在六點二十五分左右，詹姆斯爵士已經死了。」上校環顧在場的人。「那座鐘的時間是偽造的，呃？我們一直很懷疑。撥動指針，讓鐘停在你希望的任何時間，沒有比這更容易的了。然而他們出了個錯誤，讓座鐘那樣朝一側歪倒在桌上。好了，我們的懷疑對象似乎已經縮小為兩個人，男管家或者貼身男僕。我相信不是男管家幹的。告訴我，段騰夫人，詹寧斯對你的丈夫是否懷恨在心？」

蘿拉放開手，揚起臉來。

「其實並不是有什麼積怨，不過……唉，詹姆斯今天上午才告訴我，他要辭退他，說他發覺他常偷東西。」

「嗯！現在我們愈來愈明白了。詹寧斯因為品格不好，所以被辭退。對他來說這是很嚴重的事。」

「您談到座鐘的事，」蘿拉．段騰說，「或許──如果你想確定時間的話──詹姆斯會隨身帶上他的小高爾夫手錶。他向前倒下時，那不會也被摔碎了吧？」

「這想法不錯，」上校慢慢地說，「可是恐怕……柯蒂斯！」

警官馬上會意地點了點頭，離開了房間。一會兒，他就回來了。他的手掌裡有一支商標如高爾夫球的銀錶。這種手錶專門賣給高爾夫球手，他們通常把錶和球一起放在口袋裡。

「給您，先生，」他說，「不過我懷疑它是不是還有用處。這類手錶很堅固呢。」

上校從他手裡接過手錶，拿到耳邊。

「它好像不走了。」他說。

他用拇指擠壓了一下，錶蓋打開了，裡面的玻璃錶盤震碎了。

「啊！」他感到一陣狂喜。

錶針正好停在六點一刻。

§

「真是一杯美味的波爾多葡萄酒，梅羅士上校。」鬼豔先生說。

九點半了，三個男人在梅羅士上校家中剛剛用過「晚」餐。沙特衛先生相當興奮。

「我說得很對，」他咯咯一笑。「你不能否認，鬼豔先生。今天晚上，你的出現挽救了兩位荒唐的年輕人，他們兩個都一心想把頭伸進絞索裡。」

「是嗎？」鬼豔先生說，「當然不是。我什麼也沒做。」

「就表面上而言，或許未必是，」沙特衛先生表示同意。「不過事實就是如此。這很難說，你知道，我永遠不會忘記段騰夫人說『我殺了他』的那一瞬間。我從未在舞台上見過這麼震撼的場面。」

「我與你意見大致相同。」鬼豔先生說。

「簡直令人難以置信，這樣的事情會在小說以外發生。」那天晚上，上校大概是第二十次這樣感喟了。

「是嗎？」鬼豔先生說。

上校盯著他，說：「媽的，今晚就發生了啊。」

「你們別忘了，」沙特衛先生向後仰著，抿著波爾多葡萄酒，插嘴道，「段騰夫人很了不起，真了不起，但她還是犯了一個錯。她不該草草地下結論說，她丈夫是被槍打死的。同樣，德朗瓦僅僅因為看見那把匕首擺在我們面前的桌子上，就傻乎乎地認為他是被刀刺死的。段騰夫人隨身把刀帶下來，只不過是巧合。」

「是嗎？」鬼豔先生問。

「假設他們只是承認他們殺死了詹姆斯爵士，而不具體說明如何殺死的，」沙特衛先生繼續說下去。「結果會是怎樣呢？」

「我們可能會相信他們。」鬼豔先生古怪地一笑。

「整個事情就像一部小說。」上校說。

「也許，他們就是從小說裡學到的方法。」鬼豔先生說。

「大概，」沙特衛先生贊同他的看法。「一個人讀過的東西會以最奇特的方式在他身上應驗。」他看了看鬼豔先生。「當然，」他說，「從一開始，座鐘看來就令人起疑。千萬別忘了，把鐘或錶的指針往前或往後撥，是多麼容易的事！」

鬼魖先生點點頭，重複最後的幾個字眼。

「往前，」他停了停又說，「往後。」

他的聲音裡有一種撩動的意味，而又黑又亮的眼睛則定定地盯著沙特衛先生。

「鐘的指標往前撥動了，」沙特衛先生說，「我們已經知道了這一點。」

「是嗎？」鬼魖先生問。

沙特衛先生瞪了他一眼。

「你是不是說，」他緩緩地說，「有人把錶針往後撥了？但那解釋不了什麼問題。不可能的。」

「不是不可能。」鬼魖先生喃喃地說。

「這……這就很荒唐了。那對誰會有好處呢？」

「我想，那只會對當時有不在現場證明的人有好處。」

「老天！」上校喊道，「那時，年輕的德朗瓦說他正在和獵場看守人聊天。」

「他非常明確地告訴了我們這一點。」沙特衛先生說。

他們面面相覷，感到渾身不自在，好像腳下的堅硬地面陷了下去。一個個線索轉來轉去，不時閃現那個意料不到的新面孔。這個萬花筒的中央是鬼魖先生黝黑、微笑的面容。

「可是在那種情況下，」梅羅士開口說道，「在那種情況下……」

沙特衛先生非常機靈，替他說完了那句話。

「事情就完全倒過來了。騙局是一樣的，但騙局只對貼身男僕不利呀。噢，這是不可能的！不可能的。既然如此，他們兩人為何又都承認自己殺了人呢！」

「是呀，」鬼豔先生說，「在那之前你們不都懷疑他們是嫌疑犯嗎？」他接著說下去，聲音平靜、柔和。「正如你所說，上校，就像書中的情節。他們從書裡得到啟示，借鑑了書中無辜男女主角的做法，很自然使你們感到他們也是無辜的……他們的背後代表一股傳統的力量。沙特衛先生一直在說，那就像在舞台上演戲。你們倆都是對的，那不是真實的。你們一直這樣說，卻沒有意識到自己在說什麼。如果他們想讓我們相信的話，他們就該編造一個更加圓滿的故事。」

那兩個人不知所措地看著他。

「那是個聰明的做法。」沙特衛先生緩緩說道，「那是個相當聰明的做法。再者，我也在思考另外一件事。男管家說他七點進入房間關窗戶，那麼他當時一定以為窗戶開著。」

「德朗瓦正是從窗戶爬進來的，」鬼豔先生說，「他一下砸死了詹姆斯爵士，然後與她一起布置了現場……」

他看了一眼沙特衛先生，鼓勵他把當時的情形重新描述一下。於是，沙特衛先生支支吾吾地講述起來。

「他們摔壞了座鐘，把它側放在桌上。是的，他們撥了錶針，把錶也摔壞了。然後，他從窗戶跳出去，接著她把它關緊門上。可是有件事我不明白。為什麼他們不嫌麻煩地撥錶又摔錶呢？為什麼不只是把鐘的指標往後撥一下就算完成呢？」

「鐘終究太明顯了，」鬼豔先生說，「任何人都可以識破如此顯而易見的偽裝。」

「可是，把手錶列入實在太牽強了。哎呀，我們想到那支錶，是純屬偶然。」

「噢，不，」鬼豔先生說，「請記住，那是段騰夫人的建議。」

沙特衛先生出神地注視著他。

「而且，你知道，」鬼豔先生柔聲說道，「注意到手錶的人應該是貼身男僕。這些貼身男僕比任何人都清楚放在主人口袋裡的東西。如果德朗瓦撥了鐘的指針，男僕也會撥動錶針。他們這兩位癡情男女其實並不了解人性的奧祕。他們與沙特衛先生不一樣。」

沙特衛先生搖了搖頭。

「我完全錯了，」他謙卑地小聲咕噥道，「我原以為你是來拯救他們的。」

「我是的，」鬼豔先生說，「噢！不是拯救他們兩位，而是其他人。也許你沒留意夫人的貼身女僕？她沒有穿藍綢緞，也沒有在這場戲中扮演角色。但她確實是一個很可愛的女孩，而且我覺得她非常愛詹寧斯。我想你們兩者之一能夠挽救她的心上人免去絞刑。」

「我們沒有任何證據。」梅羅士上校呆呆地說。

鬼豔先生笑了。

「沙特衛先生有。」

「我？」沙特衛先生感到驚訝。

鬼豔先生接著說：「你掌握著一個證據，可以證明那支手錶不是在詹姆斯爵士的口袋裡碰壞的。如果不打開錶蓋，不可能把那樣的錶弄碎。試一試就知道了。是有人把手錶掏出來，打開錶蓋，調慢錶針，摔碎玻璃錶盤，然後合上錶蓋，放回到死者的口袋裡。他們誰也沒注意掉了一小塊玻璃。」

「噢！」沙特衛先生恍然大悟。他連忙把手伸入自己的馬甲口袋裡，掏出一塊弧形玻璃。

此時此刻，他感到非常得意。

「憑這個，」沙特衛先生用自命不凡的口氣說道，「我將把一個人從死亡邊緣救回來。」

07

與犬為伴

Problem at Pollensa Bay

本篇故事於一九二九年首次刊登於英國《繁華世界》雜誌。

職業介紹所辦公桌後那個高貴的女人清了清喉嚨，瞇著眼睛看著坐在對面的女孩。

「那麼你拒絕考慮這份工作？今天上午人家才過來登記。我相信那是義大利一個很不錯的地方。一個鰥夫帶著三歲的小男孩和一位上了年紀的老婦人，應該是他母親或姑媽。」

喬伊絲．蘭伯特搖了搖頭。

「我不能離開英國，」她的聲音疲憊不堪。「原因很多。你可以幫我找到一份全天的工作嗎？」

她的聲音輕微地顫抖著……只是輕微地顫抖著，因為她盡力克制自己。她深藍色的眸子懇切地看著對面的女人。

「這就很難了，蘭伯特太太。全天候的家庭教師必須具有完備的資格證明。而您什麼也沒有。我的檔案裡就有幾百份資格證明，幾百份呢。」她停頓一下。「您家裡有什麼人放不下嗎？」

喬伊絲點點頭。

「孩子嗎？」

「不，不是孩子。」說完，她的臉上閃過一絲淡淡的微笑。

「唔，真不幸。當然，我會盡力而為的。不過……」

很明顯，面試要結束了。

喬伊絲站起身來。從骯髒的辦公室走到街上時，她咬著嘴唇，抑制著奪眶欲出的眼淚。

「不要哭，」她嚴厲地告誡自己。「不要變成一個哭哭啼啼的小傻瓜。你現在惶恐不安，沒錯，惶恐不安。惶恐不安是沒用的。時間還早得很，很多事情還是可能發生。不管怎麼說，瑪麗姨媽應該會收留我兩個星期。振作些，女孩，趕快走，不要讓你好心的親戚等你。」

她沿著艾奇韋路走下去，穿過公園，走到維多利亞街，拐進「軍人商場」。她走進大廳，坐下來，瞟了一眼手錶。

剛剛一點半。五分鐘很快過去了，一位年近花甲的老太太抱著大包小包，一下子坐到她身邊。

「啊！你來了，喬伊絲。恐怕我晚到了幾分鐘。午餐室的服務不比以往周到了。你也吃過午飯了吧？」

喬伊絲遲疑了一兩分鐘，然後平靜地說：「吃過了，謝謝您。」

「我總是十二點半吃午飯，」瑪麗姨媽說著，把包裹整理一下，舒舒服服地坐好。「不那麼擠，空氣也好多了。這裡的咖哩雞蛋好吃極了。」

「是嗎？」喬伊絲有氣無力地應了一聲。一想起咖哩雞蛋，她簡直難以忍受……熱氣騰騰，味道鮮美！

她用力地將這些念頭丟到一旁。

「你看起來臉色不好，孩子，」很富態的瑪麗姨媽說，「別趕時髦不吃葷，那都是瞎扯。一塊排骨肉絕對不會對任何人有害處。」

喬伊絲打斷了她的話。

「那不會對我有什麼害處。」

但願瑪麗姨媽不要再談論食物。

約你一點半與她見面，你心中充滿希望，而她卻自己吃完飯才過來與你大談咖哩雞蛋和烤肉……噢！殘忍，太殘忍了！

「哦，我親愛的，」瑪麗姨媽說，「我收到了你的信。你接到我的消息就趕來了，真是好女孩。我告訴你，無論什麼時候見你我都高興，所以我本該……但不巧的是，我剛剛以極好的價錢把房子租了出去。太划算了，不想錯過，而且他們自備餐具和寢具，租期五個月。星期四，他們就搬進來，我則去哈羅蓋特。最近，風溼病一直困擾著我。」

「我明白，」喬伊絲說，「很遺憾。」

「所以，不得不下次再款待你了。見到你總是很高興，親愛的。」

「謝謝您，瑪麗姨媽。」

「你知道，你真的臉色不好，」瑪麗姨媽仔細端詳著她說，「身子也很單薄，渾身瘦骨嶙峋。你本來氣色很好，現在怎麼啦？你的臉色一直很紅潤、很健康。一定要多運動呀！」

「今天我一直在運動，」喬伊絲冷冷地說，接著站起身來。「就這樣吧，瑪麗姨媽，我得走了。」

她又開始往回走了。

這一次穿過聖詹姆斯公園，再往前走，穿過柏克萊廣場，穿過牛津街，上艾奇韋路，中間路過普雷德街，直到艾奇韋路快要到盡頭了，然後往旁邊拐，接連穿過幾條骯髒的小巷，最後到達一棟昏暗的房子。

喬伊絲用鑰匙打開門，進入又小又髒的門廳，匆匆爬上樓梯，直到頂部平台。正對著她有一扇門，從這扇門的底部不斷地傳出呼呼聲，緊接著是一連串的嗚嗚聲和狺吠聲。

「是我，德利，親愛的，是女主人回來了。」

門開了，一團白白的物體猛地撲向女孩。

那是一隻又老又醜的硬毛小獵犬，皮毛粗劣不堪，似乎又雙眼昏花。喬伊絲把牠抱在懷裡，坐到地板上。

「德利，親愛的！親愛的、親愛的德利。愛你的女主人，德利，使勁愛你的女主人！」

德利很聽話。牠熱情的舌頭忙碌起來，舔她的臉頰、她的耳朵、她的頸項。牠的短尾巴一直興奮地搖擺不停。

「德利親愛的，我們怎麼辦呢？我們將會怎麼樣呢？噢！德利親愛的，我太累了。」

「喂，聽著，小姐，」從她身後傳來一個刻薄的聲音。「你能不能不再擁抱、親吻那隻狗，我這裡給你準備了一杯上好的熱茶。」

「噢！巴納斯太太，您真好。」

喬伊絲連忙爬起身。巴納斯太太是個身材高大、一臉凶相的女人。她外表雖然非常嚴厲，內心卻藏著一副火熱的心腸。

「一杯熱茶絕對不會對任何人有害處。」巴納斯太太清晰的話語，顯露出她那一階層普遍的思想感情。

喬伊絲感激地抿了口茶，她的女房東偷偷地瞥了她一眼。

「運氣怎麼樣，小姐……或者我該稱呼你太太？」

喬伊絲搖了搖頭，愁容滿面。

「唉！」巴納斯太太嘆了口氣。「是呀，今天看來並不像是你所以為的幸運日。」

喬伊絲忽然抬起眼睛。

「噢，巴納斯太太，您是不是說……」

巴納斯太太沮喪地點了點頭。

「是的，巴納斯又失業了。我們該怎麼辦呢，我真的不知道。」

「噢，巴納斯太太，我必須……我的意思是，您想要……」

「別苦惱，我親愛的。我不是要趕走你，可是如果你能找到一個差事我會比較高興，然而如果你沒找到……我知道你沒有。你喝完那杯茶了嗎？我要把杯子拿走了。」

「還有一點。」

「唉！」巴納斯太太用指責的口氣說，「你要把剩下的茶水留給那隻可惡的狗，我懂。」

「噢，請原諒，巴納斯太太。只剩下一點了。您其實並不在意，對吧？」

「即使我在意也沒用。你被那隻壞脾氣的小東西搞得神魂顛倒。是的，我說得沒錯，牠就是那副德性。今天早上本來沒有煩心的事，牠卻咬了我。」

「噢，不，巴納斯太太，德利不會那樣做的。」

「牠朝我齜牙咧嘴地猛叫。我只不過想看看你那些鞋子還能不能穿。」

「牠不喜歡任何人碰我的東西。牠認為牠應當看好它們。」

「哎呀，牠想這些做什麼呢？思考可不是狗的責任。牠該乖乖地待在該待的地方，拴在院子裡預防小偷進來。你老是和牠這麼親暱！應該把牠丟掉，這就是我要說的。」

「不，不，不，不要！我才不要！」

「隨便你。」巴納斯太太說。

她從桌上拿走茶杯，從德利剛喝完茶水的地板上撤走茶碟，高視闊步地離開了房間。

「德利，」喬伊絲喊道，「來這兒和我說話。我們該怎麼辦呢，我的甜心？」

她坐到搖搖晃晃的安樂椅裡，把德利放在膝上。

她扔掉帽子，向後靠過去。她把德利的兩隻爪子分別架在自己的脖子兩側，在牠的鼻子和雙眼之間充滿愛意地親吻著。然後，開始用柔柔低低的聲音與牠交談，同時雙手溫存地撫弄著牠的耳朵。

「我們怎麼向巴納斯太太交代呢，德利？我們欠她四個星期的房租了，而她是多麼好心的一個人，德利，她是多麼好心的一個人啊！她永遠不會趕我們出去。但我們不能因為她是好心人而占她便宜，德利。我們不能那樣做。為什麼巴納斯要失業呢？我討厭巴納斯，他總是喝得醉醺醺的。假如一個人總是醉醺醺的，當然就會失業。我不喝酒，德利，卻還是找不到工作。

「我不能離開你，親愛的，我不能離開你。我甚至不能把你託付給任何人，沒人會對你好。你不年輕了，德利，十二歲了，沒人想收留這樣一隻老狗，老眼昏花，又有點聾，還有點——是的，只是一點——脾氣急躁。你對我很溫順，親愛的，但你不是對每個人都溫順，對吧？你吼叫，因為你知道大家都對你不友好。只有我們兩個相依為命，不是嗎，親愛的？」

德利體貼地舔了舔她的面頰。

「和我說話，親愛的。」

德利發出一聲綿長的呻吟，彷彿一聲嘆息，然後牠用鼻子在喬伊絲的耳後廝磨起來。

「你信任我，是不是，小天使？你知道我永遠不會離你而去。可是我們怎麼辦呢？這是我們亟待解決的問題，德利。」

她在椅子裡又向後靠了靠，半閉著雙眼。

「你還記得嗎，德利，我們過去度過好多愉快的時光？你、我、麥可爸爸。噢，麥可，麥可！那是他第一次出門。他回法國之前打算送給我一件禮物。我囑咐他不要奢侈。後來我們去鄉下，完全是個驚喜。他告訴我朝窗外瞧。窗外的小路上，你蹦蹦跳跳地往前跑。那個滑稽的小個子男人用長長的皮帶牽著你，那人渾身都是狗的氣味。他說得多好哇：『小可愛，牠真是小可愛。看看牠，太太，牠是不是很像畫出來的？我曾經對自己說過，太太和先生一看見牠準會讚嘆說，那隻狗真是個小可愛！』

「他喋喋不休地講下去。而我們有相當長時間也那樣叫你……小可愛！噢，德利，你當時是多麼可愛的一隻小狗，小腦袋歪向一側，搖擺著你那可笑的尾巴！後來麥可離家去法國了，我在世界上就只有你這隻最親愛的狗作伴了。你陪我一起拆看麥可的所有來信，不是嗎？你總是聞聞它們，於是我就說：『主人寫來的。』你就明白了。我們多麼幸福，多麼幸福呀！你和麥可和我。如今麥可死了，你也老了，我……我好討厭自己這麼勇敢。」

德利舔她。

「電報來的時候你也在場。如果不是因為你，德利，如果沒有你支撐我的話……」

她默默地呆了幾分鐘。

「從那以後，我們就相依為命，一起承受所有的悲喜……生活中有許許多多的逆境，不是嗎？眼前我們就又一次陷入了困境，只能求助於麥可的姑媽、姨媽了，而她們卻認為我過得很好。她們不知道他把錢都賭光了。我對誰也不能講。反正我不在乎。他為什麼不該賭錢呢？每個人都不免會犯某種錯誤。他愛我們，德利，那才是真正重要的。他自己的親戚總是看不起他，說他壞話。我們不會給她們這樣的機會。可是，我多希望我自己有一些親戚。一個親戚也沒有，經常使人很尷尬。

「我很累，德利，也餓極了。我不相信自己只有二十九歲，我覺得我都六十九了。其實，我並不勇敢，只是假裝罷了。有些話說出來很慚愧。昨天，我一路走到伊靈去見表姐夏洛蒂．格林。我原想如果我十二點半趕到那裡，她一定會請我留下來吃午飯。但當我到她家門口的時候，卻感到自己是去要飯的。我簡直無法忍受。於是我又一路走回來了。我真傻。做叫化子就應當臉皮厚一點，要不然連想都別去想。我覺得自己的意志太不堅定了。」

德利又呻吟了一聲，抬起黑黑的鼻子伸到喬伊絲眼前。

「你的鼻子仍然很可愛，德利，涼絲絲的，像冰淇淋。噢，我實在好愛你喲！我無法和你分開。我不能讓人把你『丟掉』，我不能、我不能、我不能……」

德利溫暖的舌頭熱烈地舔來舔去。

「你聽懂了我的話，我的甜心。你會不顧一切幫助女主人，對吧？」

德利吃力地跳下去，搖搖晃晃地走到牆角。牠踅回來，牙齒叼著一只打碎了的碗。

喬伊絲啼笑皆非。

「牠是不是正在耍牠自己那個獨一無二的把戲？這是牠覺得唯一能幫助女主人的招數。噢，德利，德利，誰都不能把我們分開！我會為此盡力而為。但我會嗎？一個人這樣許了承諾，而日後當他遇到困難，他就會說：『我當時可沒說過要這樣做。』我會盡力而為嗎？」

她從椅子上起來，蹲在狗的身邊。

「你知道，德利，是這樣的。家庭教師不能養狗，陪伴老婦人的伴護不能養狗，只有結了婚的女人才能養狗，德利。她們購物時把身價昂貴的毛茸茸小狗帶在身邊。假如一個人偏愛一隻又老又瞎的粗毛小獵犬……唉，為什麼不可能呢？」

她的眉頭舒展開來。這時，樓下傳來「咚咚咚」的敲門聲。

「不知道是不是郵差。」

她跳起身，匆匆下樓，回來時手裡拿著一封信。

「可能是吧。但願……」

她撕開了信封。

親愛的夫人：

我們已經對此畫做了鑑定，我們的意見是，它並非克伊普[12]的真品，因而它不具有任何價值。

您真誠的朋友　斯隆和賴德

12　克伊普（Cuyp），荷蘭巴洛克時期畫家，父子三人均為畫家，此處指的應是三人中名聲最顯赫的阿爾伯特·克伊普（Aelbert Cuyp, 1620-1691）。

喬伊絲捧著信站在那裡。她說話時，聲音都變了。

「完了，」她說，「最後的希望也破滅了……可是我們不會分開的。有個辦法，當然不是去要飯。德利親愛的，我要出去了，很快就回來。」

喬伊絲急急忙忙下樓，走到一個黑暗的角落，那裡有一部電話。

她撥了個號碼。話筒裡傳來一個男人的嗓音。當他意識到她是誰時，口氣立刻變了。

「喬伊絲，我親愛的女孩，今天晚上過來吃飯、跳舞吧。」

「不行，」喬伊絲輕聲說，「我沒有合適的衣服穿。」

她想起破舊的衣櫥裡那些空蕩蕩的掛衣鉤，苦笑了起來。

「那我現在過來看你，如何？什麼地址？我的天，那是哪兒？真的放下身段了，對吧？」

「我一點身段也沒有了。」

「呵，你真夠坦率的。一會兒見。」

大約三刻鐘後，阿瑟．哈利迪的汽車停在房子外面。畢恭畢敬的巴納斯太太領他上樓。

「我親愛的女孩，這小地方真糟糕。究竟什麼原因讓你淪落到如此落魄的境地？」

「由於傲氣以及其他幾種徒勞無益的情感。」

她說起話來那麼輕鬆；她用嘲諷的眼神看著對面的男人。

許多人說哈利迪很英俊。他身材高大，肩膀寬闊，皮膚白皙，有一對淺藍色的小眼睛和一個粗大的下巴。

她朝那把搖搖晃晃的椅子指了指。

他坐下了。

「唉，」他若有所思地說，「我敢說你已經受了教訓。對了，那畜生會咬人嗎？」

「不，不，牠很溫順。我已經把牠訓練成一隻看家狗。」

哈利迪上下打量著她。

「準備屈服了，喬伊絲，」他輕柔地說，「是這樣嗎？」

喬伊絲點點頭。

「我以前告訴過你，親愛的女孩，我最終總會達到目的的。我知道你會把握良機為自己的利益考慮。」

「我很幸運，你還沒改變主意。」喬伊絲說。

他用狐疑的目光看著她。和喬伊絲在一起，你永遠不會清楚她的意圖所在。

「你要嫁給我？」

她點點頭。

「你願意的話，我們盡快結婚。」

「事實上，愈快愈好。」

他笑著環顧了一下房間。喬伊絲臉紅了。

「順便提個條件。」

「條件？」他又感到疑惑不解了。

「我的狗，牠必須和我在一起。」

「這隻又老又瘦的畜生？你可以擁有任何品種的狗，任你選擇，不計代價。」

「我需要德利。」

「噢！好吧，隨你的便。」

喬伊絲瞪著他。

「你真的了解，對吧？我不愛你，一點也不愛。」

「我對此並不在乎，我臉皮厚。但你別耍花招，我的女孩。如果嫁給了我，就得光明正大地做我的妻子。」

喬伊絲臉上的血色頓時好轉了。

「你不會後悔的。」她說。

「現在我可不可以吻你一下？」

他走近她。她微笑著等他。他擁抱她，親吻她的臉、她的唇、她的脖子。她既不全身僵直也不退縮。

最後他放開了她。

「我會買戒指給你，」他說，「你喜歡什麼樣的，鑽石還是珍珠？」

「紅寶石，」喬伊絲說，「盡可能大一點，血紅色的。」

「真是個古怪的念頭。」

「我想讓它和這枚小小的半圓珍珠戒指互相映照，這是麥可唯一買得起的戒指。」

「這次運氣要好一些，呃？」

「你很會說話，阿瑟。」

哈利迪邊笑邊走了出去。

「德利，」喬伊絲說，「舔我，使勁舔，舔我的臉和脖子，尤其是我的脖子。」

德利奉命行事的當下，她喃喃自語，思緒萬千。

「拚命想其他的事情，這是唯一的方法。你永遠猜不到我剛才想起了什麼……果醬，食品店裡的果醬。我一遍一遍地對自己默念著草莓、黑醋栗、覆盆子、西洋李。也許，德利，他很快就會厭倦我了。我真希望這樣。你呢？據說男人結婚後都這樣。可是麥可不會討厭我，永遠不會，永遠不會，永遠不會……噢！麥可……」

§

第二天早晨，喬伊絲起床時，心情像灌了鉛一樣沉重。她深深地嘆息一聲。睡在她床上的德利立即爬起來，深情地親吻她。

「噢，親愛的……親愛的！我們只好這樣度過難關了。不過要是有什麼事情發生該有多好。德利，親愛的，你不會不幫女主人吧？只要你能幫，你會的，我知道。」

巴納斯太太送來茶水、麵包和奶油，並衷心地祝賀她。

「瞧，太太，你要和那位先生結婚了。他是坐勞斯萊斯來的，沒錯。想到有一輛勞斯萊斯停在我們家門外，巴納斯清醒了許多。哦，我提醒你，那隻狗正蹲在外面的窗台上。」

「牠喜歡曬太陽，」喬伊絲說，「可是那十分危險。德利，進來。」

「如果我是你，我就讓這個可憐的小東西結束痛苦。」巴納斯太太說，「讓你的先生再給你買一隻毛茸茸的小狗，戴著手籠的貴婦人懷裡抱著的那種。」

喬伊絲笑了笑，又朝德利喊了一聲。那隻狗笨拙地站起來。就在這時，樓下的街道上傳來狗吵架的聲音。德利向前伸長脖子，歡快地吠了幾聲。破舊的窗台一下子翹了起來。德利，又老又不靈活的德利，一下子失去平衡，跌了下去。

喬伊絲瘋了似地叫了一聲，跑下樓梯，跑出前門。

幾秒鐘後，她跪在德利身邊。牠可憐地呻吟著，牠的姿勢顯示牠傷得很重。她向牠俯下身去。

「德利，德利，德利親愛的……親愛的，親愛的，親愛的……」

儘管非常虛弱，德利還是努力地擺了擺尾巴。

「德利，孩子，女主人會讓你好起來的……親愛的孩子……」

一群人，大都是小男孩，圍了上來。

「從窗戶上摔下來的，真的！」
「天哪，看起來很痛。」
「很可能是脊椎骨摔斷了。」
喬伊絲對此絲毫沒有感覺。
「巴納斯太太，最近的獸醫院在哪兒？」
「有一個叫喬布林的獸醫，在米爾街附近，你可以帶牠去那裡。」
「攔一輛計程車。」
「借過。」
這是一位中年人和藹可親的聲音，他剛從一輛計程車上下來，跪在德利旁邊，掀起牠的上嘴唇，然後用手撫摩牠的全身。
「好像並沒有什麼骨折的地方。我們最好送牠去獸醫院。」
他和喬伊絲兩人把狗抬了起來。德利痛苦地尖叫了一聲，牙齒碰破了喬伊絲的手臂。
「德利，沒事的，沒事的，好傢伙。」
他們把牠抬進計程車，開走了。喬伊絲心不在焉地用手帕把受傷的手臂纏起來。德利顯得十分悲傷，試圖去舔牠咬破的地方。
「我知道，親愛的，我知道。你不是有意咬傷我的。沒事了。沒事了，德利。」
她輕撫著牠的腦袋。對面的男人注視著她，什麼也沒說。

他們很快就到了獸醫院，找到了獸醫。他是一位態度冷漠的紅臉男子。

他檢查德利時動作一點也不輕柔，喬伊絲站在一旁心如刀絞，兩行淚水從她的臉頰上淌下來。她繼續用低低的聲音安慰德利。

「沒事的，親愛的。沒事的……」

獸醫直起身來。

「沒有辦法馬上確診，我必須對牠做徹底檢查，你得把牠留在這裡。」

「噢！不行。」

「恐怕你得這樣做了，我必須帶牠去下面，大約半個小時後我打電話給你。」

喬伊絲內心十分難過，但還是答應了。她親了親德利的鼻子後，淚眼朦朧，跌跌撞撞地下了樓梯。幫她忙的那個男人仍然沒有離開，她已經忘了他。

「計程車還停在這裡。我送你回去。」

她搖了搖頭。

「我想走一走。」

「我陪你一起走。」

他付了錢，計程車走了。他一語不發，靜靜地走在她旁邊，她幾乎覺察不到他的存在。

就在他們走到巴納斯太太家的門口時，他開口了。

「你的手腕。你得處理一下傷口。」

她低頭瞧了瞧。

「噢！沒事的。」

「傷口需要徹底的清洗和包紮。我和你一塊進去。」

他陪她爬上樓梯。她讓他為她清洗傷口，然後用一塊乾淨的手巾包起來。她一直叨絮著一件事。

「德利不是故意咬傷我的。牠永遠不會，不會故意傷我的。牠確實沒有意識到是我。牠當時一定疼得厲害。」

「是的，恐怕就是這樣。」

「現在他們大概正在殘忍地傷害牠吧？」

「我確信他們正在對牠採取一切必要的治療措施。獸醫打來電話後，你可以把牠接回這裡來護理。」

「是的，當然。」

那人停了停，向門口走去。

「希望一切都會好起來，」他侷促不安地說，「再見。」

「再見。」

兩三分鐘後，她才猛然回過神來，他一直在好心地幫她，而她連一句感謝的話都沒說。

巴納斯太太走進來，手裡端著茶杯。

「好啦，我可憐的好孩子，喝杯熱茶。我看得出，你精神全垮了。」

「謝謝您，巴納斯太太，我一點也不想喝。」

「對你會有好處的，親愛的，別再這麼傷心了，你的小狗會治好的；即使沒治好，你那位先生也會送你一隻不一樣的狗……」

「別說了，巴納斯太太。別說了。求求您，如果您不在意的話，我想一個人獨處。」

「對不起，我不再……電話鈴響了。」

喬伊絲箭一般地衝下樓去。她拿起話筒。巴納斯太太氣喘吁吁地跟了下來。她聽到喬伊絲說：「是我……請講。什麼？噢！噢！好的。好的，謝謝您。」

她放下話筒，轉過身來。她的面容把巴納斯太太這位善良的女人嚇了一跳。她看起來臉色蒼白，面無表情。

「德利死了，巴納斯太太，」她說，「我怎麼沒有陪伴牠，讓牠孤獨地死在那裡？」

「這下好了，我不會再說什麼了。」巴納斯太太對著門廳的壁紙說。

她上了樓，進了房間，堅決果斷地關上了門。

五分鐘後，她把頭探進喬伊絲的房間。喬伊絲僵直地坐在椅子上，沒有掉淚。

「是你的先生，小姐。我請他上來嗎？」

喬伊絲的眼睛突然一亮。

「是的，請他上來。我想見他。」

哈利迪嚷嚷著進來了。

「好了，我們終於可以在一起了。我沒有浪費太多時間，對吧？我這就把你從這個糟糕透頂的地方帶走。你不能住在這裡。快點，帶上你的東西。」

「沒有必要了，阿瑟。」

「沒有必要了，什麼意思？」

「德利死了。我現在沒有必要和你結婚了。」

「你在說什麼呀？」

「我的狗，德利，牠死了。我嫁給你只是為了能和我的狗在一起。」

哈利迪瞪著她，他的臉變得愈來愈紅。

「你瘋了。」

「也許吧。愛狗的人都這樣。」

「你鄭重其事地告訴我，你嫁給我只是為了……噢，真荒唐！」

「你怎會認為我要嫁給你？你知道我討厭你。」

「嫁給我吧，我可以讓你過得非常舒適，我能夠做到。」

「我覺得，」喬伊絲說，「你的動機比我的更加令人反感。不管怎麼說，一切都結束了，我不會嫁給你！」

「你有沒有覺得你對我的態度很惡劣？」

她冷冷地看著他。在她銳利的目光注視下，他退縮了。

「我不認為。我聽你談過生活中要追求刺激，你從我這兒得到了極大的刺激，我對你的厭惡加劇了這種刺激性。你明知道我討厭你，你卻樂此不疲。昨天我允許你吻我的時候你感到失望，因為我沒有退縮，連皺皺眉、眨眨眼都沒有。你身體裡有某種野性的東西，阿瑟，某種殘酷的東西，某種虐待狂的欲望……對你這種人，無論態度多麼惡劣，都不算過分。現在，請你離開我的房間，你不介意吧？我想一個人安靜一下。」

他語無倫次地迸出兩句：「那……你打算怎麼辦呢？你沒有錢。」

「那是我的事。請走吧。」

「你這個小惡魔。你一定是瘋了，小惡魔。你和我還沒有結束呢。」

喬伊絲笑了。

什麼事情都不能使他死心，而她的笑聲卻把他擊垮了。真是令人始料未及。他無比尷尬地下了樓梯，開車走了。

喬伊絲鬆了一口氣。她戴上那頂破舊的黑氈帽，也走出了房間。她在街上毫無意識地挪動著腳步，既沒有思想也沒有感覺。她內心的某個角落在隱隱作痛……這種痛苦她也許會很快全面感受到，幸好目前她渾身麻木不仁。

經過職業介紹所時，她躊躇不前。

「我得做點事情。當然可以去跳河，我常常這樣想，讓一切都結束吧。可是水裡那麼冷那麼溼。我覺得我不夠勇敢，真的不夠勇敢。」

她拐進職業介紹所。

「早安，蘭伯特太太。恐怕還是沒有全日的工作。」

「沒關係，」喬伊絲說，「我現在什麼工作都能做。我的朋友，和我住在一起的那位，已經……離去了。」

「那麼你願意考慮去國外了？」

喬伊絲點點頭。

「是的，盡可能遠一些的國家。」

「阿拉比先生碰巧在這裡對申請求職的人面試。我帶你進去見他。」

一會兒之後，喬伊絲坐在一間小房間裡回答問題。她模模糊糊地感到和她談話的人有些面熟，可是想不起來在哪裡見過他。突然，她的大腦清醒了一些，意識到最後一個問題隱隱約約有些不尋常。

「你和老太太相處得好嗎？」阿拉比先生問她。

喬伊絲不由自主地笑了。

「我想是的。」

「你知道，我姑媽和我住在一起，她很難相處。但她非常喜歡我。她其實也很可愛，不過，我想年輕女性有時也會覺得她很難相處。」

「我覺得自己很有耐心，脾氣也好。」喬伊絲說，「而且，我和老年人一直相處得很融洽。」

「你必須為我姑媽做某些固定的事情，否則，我的小兒子會告你的狀。他才三歲，他的媽媽一年前死了。」

「我明白。」

短暫的沉默。

「好吧，如果你覺得自己樂意接受這份差事，我們就這麼說定了。我們下週動身，我通知你確切的日期。我想你可能需要預支一部分薪水，添置一些必要的東西。」

「多謝了。您真是太好了。」

他們兩人同時站起身來。突然，阿拉比先生笨嘴笨舌地說道：「我……討厭多管閒事。我是說我希望……我想知道……我的意思是，你的狗還好嗎？」

第一次，喬伊絲打量了他。她的臉色好轉了，藍眸子幾乎變成了黑眸子。她直直地看著他。她一直以為他已年過中年，可是他並不十分顯老。逐漸花白的頭髮，飽經滄桑的和藹面龐，相當傾斜的雙肩，棕色的眼睛裡透出小狗般特有的靦腆和善良。喬伊絲想，他看起來像是一隻狗。

「噢，原來是您，」她說，「我後來才想起……我還沒有向您道謝呢。」

「沒有必要。我想都沒想，我知道你當時的心情。那位可憐的老傢伙怎麼樣了？」

淚水湧上喬伊絲的眼睛，又順著她的臉頰淌下來，她再也抑制不住自己的情緒。

「牠死了。」

「噢！」

他再沒有說什麼。然而對喬伊絲來說，那聲「噢！」是她所聽過最寬慰人心的話。那聲感嘆包含了無法用語言表達的所有意蘊。

過了一兩分鐘，他斷斷續續地說：「其實，我也有過一隻狗，兩年前死了。當時也圍觀了很多人，他們不明白我對一隻狗為何那麼小題大做。我不得不強裝什麼事情也沒發生似地支撐下去，那實在是件很難受的事。」

喬伊絲點點頭。

「我知道……」阿拉比先生說。

他握住她的手，緊緊地握著，然後鬆開了。他走出小房間。一兩分鐘後喬伊絲跟了出來，她和那個貴婦人模樣的女人就各種細節商量妥當。她到家的時候，發現巴納斯太太正以她那一階層獨有的綽約風姿站在門口迎候著她，臉色看來很憂鬱。

「他們已經把可憐狗兒的屍體送回家裡來了，」她對喬伊絲說，「就放在你樓上的房間裡。我剛才告訴了巴納斯，他準備在後花園裡挖一個漂亮的小坑……」

08

木蘭花

Problem at Pollensa Bay

本篇故事於一九二五年首刊於英國《皇家雜誌》。

文森．伊斯頓正在維多利亞車站的大鐘下等候。他不時地抬頭瞟一眼時間，心裡煩躁不安。他暗忖：「有多少男人已經在這裡等過不來赴約的女人？」

他突然感到渾身一陣劇痛。假如希娥不來了，假如她改變了主意……女人都是如此。他對她有把握嗎？他曾對她有過把握嗎？他是否真的了解她？她不是從一開始就使他困惑不解嗎？他所結識的似乎是兩個女人。一個是理查．達雷爾的妻子，可愛，整日笑吟吟的；另外一位緘口不語、神祕，曾和他一起在海莫爾莊的花園裡肩並肩地散步，宛如一枝木蘭花……這是他對她的感覺，或許是因為他們在木蘭樹下品嘗了那如癡如醉、不可思議的初吻。清新的空氣裡瀰漫著木蘭花的香氣，一兩片柔滑、芳香的木蘭花瓣飄落下來，浮在那張仰起的臉上。那張臉如木蘭花般光潔、柔和、無聲無息。木蘭花，奇異、馨香、神祕。

那是兩個星期前，他遇見她的第二天。而此刻，他正在等待她來到他身邊，永遠陪伴他。他再次動搖起來。她不會來了。他怎麼能相信她會來呢？白費一番心機而已。美麗的達雷爾夫人不會悄悄做這種事的。那一定會成為轟動一時的事件，一件廣為傳揚、絕對不會被輕易忘卻的醜聞。對這類事情，有更好、更加穩妥的解決辦法……比如說，慎重地離婚。

然而，他們一刻也沒想到透過離婚……至少他沒有。她呢？他不知道。他絲毫也不了解她的內心世界。他請求她和他一起私奔時，幾乎是用戰戰兢兢的口氣……畢竟，他算什麼人呀？一點也不顯眼，只是德蘭士瓦省[13]上千個柑橘種植者的一員。經歷了在倫敦的豪華富麗，他能給她帶來什麼樣的生活啊！不過既然他如此迫切地需要她，他就必須提出這個請求。

她異常平靜地同意了，沒有猶豫不決，沒有任何反駁，彷彿他請求她做的是世界上最簡單的事情。

「明天好嗎？」他當時這麼問了一句，他感到驚訝，簡直不敢相信。

她答應了，聲音柔和、時斷時續，這與她在社交場合耀眼的微笑風采截然不同。他第一眼看見她就把她比作一顆鑽石、一團閃爍的火，四面八方映射著光芒。而當他第一次碰她的時候，那次初吻的時候，她變得非常神奇，一種恰似被珍珠般覆蓋的溫柔……儼然一枝木蘭花，嬌嫩的粉紅。

她答應了。而此刻，他正等著她履行自己的諾言。他又看了看大鐘。如果她過一會兒仍然不來，他們就會錯過這班火車。

他頓時又疑心大起。她不會來了！當然她不會來了。一直盼望她來，真是傻瓜一個！承諾算什麼？他返回自己的寓所時會發現有封信……解釋，反駁，舉出種種理由說自己缺乏勇氣，這是女人的慣常伎倆。

13 德蘭士瓦省（Transvaal），位於南非。

他感到憤怒，憤怒以及失望的痛苦。

就在這時，他看見她下了月台向他走來，臉上浮著淡淡的微笑。她緩緩而行，不慌不忙，似乎眼前的一切都成了永恆。她一身黑裝，柔和的黑色緊身套裝，頭上一頂小黑帽，襯出她那張白皙、光潔、美麗嬌嫩的臉。

他發覺自己抓住她的手，神思恍惚地小聲嘟囔：「你終於來了……終於來了。終於！」

「當然。」

她的聲音聽起來多平靜！多安詳！

「我以為你不會來了。」他說著，鬆開她的手，喘著粗氣。

她睜大了眼睛，又大又美的眼睛，眼睛裡充滿了好奇，孩子般天真的好奇。

「為什麼？」

他沒有回答，而是轉向一旁叫了一個路過的腳夫。他們時間不多了。接下來的幾分鐘，他們忙得不亦樂乎。最終，他們坐進了預訂的包廂，倫敦南郊一排排色調灰暗的房屋飛快地向後退去。

§

希娥．達雷爾坐在他的對面。她終於成了他的人了。而他現在知道，在她露面之前的一剎那，他仍舊不相信她會來。他不敢讓自己相信。她迷人的氣質、難以捉摸的性格，使他望而生畏。她會屬於他，這簡直不可能。

現在他不再擔心了。這已是無可挽回的一步。他端詳著她。她倚在角落裡，十分恬靜的樣子。淡淡的微笑依然掛在她的唇邊，目光下垂，長長的黑睫毛拂掠著曲線柔美的面頰。

他想：「她現在腦子裡裝著什麼念頭？她在想什麼？她在想誰？我？她的丈夫？她到底對他如何呢？她曾經喜歡過他嗎？或者她從來沒有喜歡過他？她討厭他嗎？或者她對他冷淡嗎？」他頓時產生一個念頭：「我不知道，我永遠不會知道。我愛她，而我一點也不了解她，不了解她的想法、她的情感。」

他的思想開始轉向希娥．達雷爾的丈夫。他認識很多已婚女人，她們巴不得談論自己的丈夫，說他們如何不理解她們，如何忽視她們細膩的感情。文森．伊斯頓嗤之以鼻地認為這是眾所周知的開場白。

可是，希娥除了偶爾說上幾句，從未談起過理查．達雷爾。伊斯頓和每個人一樣僅僅知曉他的大概情況。他是個很有人緣的男子，英俊瀟灑，風流倜儻，總是顯得那麼輕鬆愉快。大家都喜歡達雷爾。他妻子與他的關係似乎一向十分融洽。但那證明不了什麼，文森明白。希娥教養良好，她不會公開表現出自己的不滿。

而他和希娥兩人之間也沒有什麼過多的交流。他們見面的第二天晚上，一起在花園裡散步，兩人都沉默不語。彼此的肩膀緊挨著，他一碰她就感到她全身輕微的戰慄，而兩個人誰也不做任何說明，誰也不表明自己的態度。她回吻他，一語不發，渾身顫抖，完全抹去了往日那種耀眼的風采；加上她令人驚羨的美貌，曾獲取多少青睞的目光啊。然而，她從未談論過自己的丈夫。文森每每對此感激不盡。他為免去可能引起的爭吵而感到高興，這個女人希望向她自己和她的情人證明他們雙方陷入熱戀是正當的行為。

然而現在，這種默契的攻守同盟使他憂慮不安。他再次產生了那種惶恐的感覺……這個奇怪的女人甘願把自己的生命託付給他，而他卻對她一無所知。他感到害怕。

為了消除疑慮，衝動之下，他向前欠一欠身，把手放到她正對著他、裹在黑色衣服裡的膝蓋上。他又一次感覺到她身體的輕微戰慄，於是他抬起手去握她的手。他彎下身子，長久、深情地親吻那隻手掌。他覺察到她的手指在他的手上傳遞細微的感情。他仰起臉，與她的視線碰到一起，他感到心滿意足。

他在座位上向後靠去，暫時不再需求什麼。他們在一起了，她是他的。不一會兒，他用近乎玩笑的輕鬆語調說：「你很沉默喲？」

「是嗎？」

「是的。」他停了一會，然後換成鄭重些的口氣說：「你確定你不……後悔？」

聽到這句話，她的眼睛一下子睜大了。

「噢，不後悔！」

他對她的回答毫不懷疑，她的回答裡隱含真誠。

「你在想什麼？我想知道。」

她用低低的嗓音答道：「我想我感到害怕。」

「害怕？」

「害怕幸福的到來。」

他興奮地移過去坐在她身邊，把她摟在懷裡，吻她柔滑的臉和脖頸。

「我愛你，」他說，「我愛你……愛你。」

她沒有說話，而是將自己的身體緊貼著他，盡情地吻著他。

之後，他又回到自己的座位上，拿出一本雜誌，她也拿出一本。他們的目光不時地在雜誌的上方交織在一起，於是兩人相視而笑。

剛過五點，他們抵達多佛。他們將在那裡過夜，第二天渡海去大陸。他們在一家旅館訂了房間。希娥走進房間裡的客廳，文森緊隨其後。他手裡握著幾份晚報，順手扔在茶几上。兩名旅館服務生把行李搬進來，退了出去。

希娥進房後就站到窗前向外瞭望，此時她轉過身來，立刻投入了對方的懷抱。

有人輕輕地敲了敲門，他們倆又分開了。

「真該死，」文森說，「看起來好像我們還無法真正單獨在一起。」

希娥笑了笑。

「看起來是這樣。」她柔聲說道。

她在沙發上坐下，拿起一份報紙。

敲門的原來是個送茶的服務生。他把茶放在茶几上，把茶几向希娥坐著的沙發挪了挪，機靈地掃視了一下房間，詢問他們是否還需要什麼，然後退了出去。

文森去隔壁房間瞧了瞧，就回到了客廳。

「喝茶吧，」他開心地說。但是，他突然在客廳中央停下腳步。「怎麼啦？」他問。

希娥僵直地坐在沙發上。她茫然注視著前方，面色變得如死灰般煞白。

文森急忙跨上一步。

「什麼事，甜心？」

她沒有直接回答，而是把那份報紙遞給他，手指指向大標題。

文森接過報紙。

「『霍布森、傑基爾和盧卡斯』公司的衰敗。」他讀道。

這家大城市公司起初並未使他產生什麼特別的感覺，儘管他潛意識裡認定有點熟悉感，並為此心緒不佳。他用疑問的目光看著希娥。

「理查就是霍布森、傑基爾和盧卡斯。」她解釋了一句。

「你丈夫？」

「是的。」

文森重新拿起報紙，仔細閱讀那些赤裸裸的文字。一些短語，譬如「突然倒閉」、「重大內幕隨後揭密」、「其他公司亦受影響」等等使他覺得很刺眼。

他感到有什麼響動，於是抬起頭來。希娥正在鏡子前整理她的小黑帽。她聽到動靜，轉過臉來，眼睛定定地看著他。

「文森，我必須回到理查身邊。」

他霍地跳起身來。

「希娥，別那麼荒唐。」

她面無表情地重複道：「我必須回到理查身邊。」

「可是，親愛的……」

她用手指了指地板上的報紙。

「那意味著毀滅……破產。無論如何我不能選在這一天離開他。」

「你得知這個消息之前就已經離開他了。請你理智些！」

她搖搖頭，神情憂傷。

「你不明白。我必須回到理查身邊。」

她一旦下決心那樣做，他就無法勸阻她了。真奇怪，性情如此溫和、柔順的一個女人竟會如此冥頑不化。她解釋一次之後，就不再與他爭執。她任憑他不加掩飾地陳述己見。他又把她擁在懷裡，試圖征服她的感官來軟化她的意志，但是儘管她溫軟的嘴唇不斷地回吻他，他從她身上依然察覺到一種高不可攀、難以馴服的東西，這使他所有的懇求化為烏有。

他終於放開了她。一切努力均屬枉然，他又難過又疲憊。他不再懇求她，轉而痛苦地責備她從來不曾愛過他。聽到這裡，她仍舊沉默不語，不加反駁。而她無聲又淒楚的表情卻分明向他證實，他口是心非。最後，他忍無可忍，大發雷霆，把所有刻薄惡毒的話語連珠砲似地拋向她，一心想挫敗她，使她遭受重創而跪倒在地。

惡言惡語終於發洩完畢，再沒有什麼可說的了。他坐在那裡，手抱著頭，呆呆地盯著紅色的絨毛地毯。希娥立在門口，黑色的身影襯著蒼白的面孔。

一切都結束了。

她平靜地說：「再見，文森。」

他沒有反應。

門打開了……又關上了。

§

達雷爾一家住在切爾西的一棟房子裡，是一棟古色古香的美麗建築，矗立在他們自家的一個小花園裡。房子的前面長著一棵木蘭樹，樹上沾滿了油煙、塵埃和煤灰，然而它仍然是一棵木蘭。

大約三小時後，希娥站在自家門口。她抬眼望了望房子，忽然笑了起來，嘴角痛苦地抽搐著。

她徑直走向房子後部的書房。一名男子正在房間裡踱來踱去……一個年輕英俊卻面容憔悴的男子。

她步入房間，他頓時如釋重負地鬆了一口氣。

「謝天謝地，你終於露面了，希娥。他們說你帶著行李去城外某個地方了。」

「我聽到消息就回來了。」

理查·達雷爾伸手摟住她，擁她一起走向長沙發，相互依偎著坐下。希娥從環著她的手臂裡脫出身來，似乎顯得相當隨意、自然。

「事情究竟壞到什麼地步，理查？」她平靜地問道。

「能有多壞就有多壞……人們議論得夠多了。」

「告訴我！」

他一邊說，一邊又開始來回踱起步來。希娥坐在那裡注視著他。他根本沒有注意到房間裡的光線逐漸暗下來，她漸漸聽不清他的聲音了，而同時，在多佛一家旅館裡某個房間的情景清晰地浮現於她的眼前。

然而，她還是努力地聽他講，盡量聽懂他的話。他踱回來，在沙發上她的身邊坐下來。

「萬幸的是，」他結束自己的談話。「他們不會剝奪你婚後的合法居留權。房子還是你的。」

希娥若有所思地點了點頭。

「無論怎樣，我們還會擁有我們的房子。」她說，「既然如此，事情還不算太糟糕吧？這意味著一個新的起點，就這樣。」

「哦！說得很對。是的。」

但是，他的聲音聽起來帶有虛假的成分，希娥忽然想到：「還有另外的事情。他沒有把全部情況告訴我。」

「再沒有什麼事了嗎，理查？」她輕輕地問，「沒有什麼更糟的事？」

他猶豫片刻，然後說：「更糟的？應該有什麼呢？」

「我不知道。」希娥說。

「一切都會好起來的，」理查說。他在安慰希娥，不過更像是在安慰自己。「當然，一切都會好起來的。」

他突然用手臂摟住她。

「你在這裡我很高興，」他說，「既然你在這裡，一切都會好起來的。不管以後發生什麼事，我都有你陪伴，對吧？」

她柔聲說：「是的，你有我。」這一次，她沒有推開他的手。

他吻她，緊緊地摟著她，他正以某種奇特的方式在與她的親熱中獲得慰藉。

「我有你，希娥，」過了一會兒他又說一遍，而她也像剛才一樣回答：「是的，理查。」

他從沙發裡滑到地板上，坐在她的腳邊。

「我累壞了，」他苦惱地說，「我的上帝，就這麼挨過了一天，如噩夢一般！我不知道如果你不在這裡陪我我該怎麼辦。妻子畢竟是妻子，我說得對嗎？」

她沒有答話，只是低下頭以示同意。

他把頭枕在她的腿上。他的嘆息就像一個疲倦的孩子發出的聲音。

希娥又暗暗尋思：「他有什麼事情瞞著我。是什麼事呢？」

她的手習慣性地落在他滿頭光滑的黑髮上，輕柔地撫摩著它，彷彿一位母親在哄自己的孩子。

理查含混不清地嘟囔著：「有你在這裡，一切都會好起來的。你不會讓我失望。」

他的呼吸逐漸和緩、平穩起來，他睡了。她的手仍然撫摩著他的頭。

然而，她的眼睛卻呆滯地凝視著前方的黑暗，什麼也看不見。

§

「理查，」希娥說，「難道你不認為你最好把全部情況都告訴我嗎？」

已經是三天以後了。他們晚飯前一起坐在客廳裡。

理查心裡驚了一下，臉上泛起紅暈。

「我不明白你的意思。」他迴避道。

「不明白？」

他迅速地瞟了她一眼。

「當然還有……呃，細節問題。」

「如果要我幫你，我應當了解全部情況，你不這麼認為嗎？」

他詫異地看著她。

「你怎麼會認為我想要你幫我？」

她有些愕然。

「我親愛的理查，我是你的妻子。」

他突然笑了，笑得依然那麼迷人、那麼無憂無慮。

「你是的，希娥，而且還是個非常漂亮的妻子。我這人永遠不能忍受黃臉婆。」

他開始在房間裡來回走動。這是他的習慣，每當他遇到煩心事時就會這樣。

「我不否認從某種角度上說你是對的，」他停了一會兒說道，「確實有什麼事情。」

他打住了。

「什麼事情？」

「這種事太難向女人解釋了。她們總會誤解——試想一下，一件事情並非——呃，它實質上所指的內容。」

希娥什麼也沒說。

「你知道，」理查接著說，「法律是一回事，而對錯是截然不同的另外一回事。我做一件事情，可能非常誠實、正當，可是在法律上也許不會這麼認為。十次中有九次，一切都順順當當，可是到了第十次，不行了，碰到了麻煩。」

希娥開始明白了。她暗自琢磨：「我為什麼不感到驚訝呢？我內心深處是不是一直清楚他一向不誠實？」

理查繼續講下去。他不厭其煩地試圖將自己的意思解釋清楚。希娥心甘情願地聽憑他在其冗言贅語的粉飾下，掩蓋事情的真實細節。事情涉及到一大宗南非的土地。理查究竟在其中幹了些什麼，她不必費心知道。從道義上講，他向她保證，一切都公平合理、光明正大；法律上，沒辦法，算是出了樓子；由於無法逃避事實，他已經把自己推到可能受到刑事起訴的境地。

他講述的過程中，一直頻頻瞧著妻子，感到神經緊張、坐立不安。可是他仍然不停地為自己辯解，試圖透過解釋，減輕他的過錯，消除他的緊張情緒，而即使一個孩子也可能會從中看出他蓄意遮掩的那種赤裸裸的真實。最後，一陣竭力辯護之後，他的精神全然崩潰了。或許，希娥那雙不時顯出鄙夷神色的眼睛最終摧毀了他苦苦支撐的精神防線。他坍倒在火爐旁邊的一把椅子上，雙手捂著腦袋。

「情況就是這樣，希娥，」他傷心地說，「你說該怎麼辦呢？」

她立即向他走過去，跪到椅子旁邊，把臉貼在他臉上。

「有什麼辦法嗎，理查？我們能做什麼呢？」

他抱住她。

「你說的是實話嗎？你對我不會變心？」

「當然不會。親愛的，當然不會。」

他不由自主地道出了實情。

「我是個賊，希娥。無須贅言，明白地說……我只不過是個賊。」

「那麼我就是賊婆了，理查。我們將沉浮與共、患難同當。」

他們沉默片刻。過了一會兒，理查稍稍恢復了活潑的性格。

「你知道，希娥，我有個計畫，不過我們以後再談。快到晚餐時間了，我們得去換餐服了。穿上你那件柔滑的叫什麼來著……卡尤款式的晚禮服。」

希娥不解地抬起眼睛。

「就為了在家裡吃一頓晚餐？」

「是的，是的，我知道。不過我喜歡它。穿上它，好女孩。看見你最漂亮的樣子，我會很高興。」

希娥穿著卡尤服下樓用餐。那是用柔滑織錦布料做成的一件巧奪天工的禮服，淡淡的金色圖紋貫穿其中，淺黃色調為光滑細膩的織錦平添幾許暖意。背部開得很低，沒有設計得比這更好的款式，能夠展示希娥脖頸和肩膀令人目眩的白皙肌膚了。她此時真的成了一朵木蘭花。

理查的眼睛熱烈地注視著她，讚美之情溢於言表。

「好女孩。你知道，穿這身衣服，你真的美極了。」

他們進入飯廳開始用餐。整個晚飯時間，理查如坐針氈，一反常態，無聊透頂地開玩笑、大笑不止，彷彿在徒然地消除他的種種憂慮。有幾次，希娥試圖引他回到他們之前一直在討論的話題，可是他總是避而不談。

當她起身準備去睡覺的時候，他才突然進入了正題。

「不，先不要走，我有話對你說。你知道，關於這件不幸的事情。」

她重新坐下來。

他開始迅速地講起來。如果運氣好一點，整個事情就可以不使它張揚出去。他把自己原來的所作所為掩蓋得天衣無縫，只要某些文件不落入他人之手……

他意味深長地停下來。

「文件？」希娥一臉困惑。「你是說你要銷毀它們？」

理查做了個鬼臉。

「要是我能拿到文件，馬上就毀掉它們。這才是我最頭疼的事情！」

「那麼，誰拿著這些文件呢？」

「我們都認識的一個人……文森·伊斯頓。」

希娥不由得發出一聲很輕很輕的驚叫。她極力抑制住自己，可是理查已經覺察到了。

「我懷疑他一直清楚這件事情的某些內幕。這就是我好幾次請他到家裡來的原因。你也許記得我曾要你對他好一些？」

「我記得。」希娥說。

「不知怎的，我似乎永遠無法與他真正友好相處，搞不清為什麼。可是他喜歡你。我敢說他非常喜歡你。」

希娥用相當清晰的嗓音說：「是的，他喜歡我。」

「啊！」理查感激地說，「那就好。現在你明白我的用意了吧。我確信，如果你去見文森·伊斯頓，請他把那些文件交給你，他不會拒絕的。漂亮的女人，你知道，就是那種事。」

「我不能那樣做！」希娥急切地抗議。

「豈有此理。」

「絕對不可能。」

漸漸地，理查的臉上紅一塊紫一塊。她看得出他動怒了。

「親愛的，我覺得你還是不太清楚我的處境。如果這件事張揚開了，我可能會坐牢。那就全完了，丟人現眼呀。」

「文森·伊斯頓不會用那些文件攻擊你，我敢肯定。」

「其實那不是問題的關鍵。他也許沒有意識到它們可以定我的罪。那只與……與我的事情、與他們一定要查出的資料有關。噢！詳情我就不細說了。他在不了解的情況下會毀了我，除非有人向他挑明利害關係。」

「你自己當然也可以這麼做。給他寫信。」

「那不會有什麼用處的！不，希娥，我們只有這一線希望了。你是一張王牌。你是我的妻子，你必須幫助我。今晚去見伊斯頓……」

希娥禁不住叫了起來。

「今晚不行。明天怎麼樣？」

「上帝，希娥，難道你還不明白其中的利害關係？明天大概就太晚了。求求你，現在就去，馬上去！去伊斯頓的寓所。」他見她有些畏縮，試圖安慰她。「我知道，親愛的，我知道。這樣做有點不近人情，但這是生死攸關的事。希娥，你不會讓我失望吧？你說過你會盡力幫我的……」

希娥聽見自己用生澀、冷漠的聲音說：「不是這種事。有原因的。」

「生死攸關呀，希娥。我說的是實話。你瞧！」

他驀地拉開一個抽屜，拿出一把左輪手槍。那個動作有點像在演戲的感覺，她沒有怎麼在意。

「你去，否則我就自殺。我不能面對所謂的非法制裁。如果你不按照我告訴你的去做，天亮前我將不在人世。我向你鄭重起誓，這是真的。」

希娥低聲喊道：「不，理查，不要那樣！」

「那就幫我一把。」

他把手槍扔在桌子上，跪到她的身邊。

「希娥，親愛的，如果你愛我，如果你曾經愛過我，就為我做這件事吧。你是我的妻子，希娥，再沒有其他任何人可以幫我了。」

他不停地說呀說呀，咕噥，懇求。最後，希娥聽到自己在說：「好……好。」

理查送她到門口，為她叫了一輛計程車。

§

「希娥！」

文森．伊斯頓霍地跳起來，喜出望外。她站在門口，素潔的白鼬毛皮圍巾從肩上垂下來。伊斯頓心想，她從來沒有這麼漂亮過。

「你終究還是來了。」

他走向她時，她擺擺手讓他停住。

「不，文森，情況不是你想像的那樣。」

她的聲音低沉而急促。

「我從我丈夫身邊過來這兒的。他認為你這裡有一些文件，可能會對他……有害處。我來是請求你把它們交給我。」

文森腳下像生了根一樣，站在那裡，直視著她。隨後，他發出短促的笑聲。

「這麼說，的確如此了？那天我就覺得『霍布森、傑基爾和盧卡斯』這名號聽起來耳熟，可是當時我想不起在哪兒見過它。我不知道你的丈夫竟與這家公司有關。公司出問題已經有一段時間了。我受委託調查此事。我原來懷疑某個下屬，絕沒有料到會是公司的這位上層人物。」

希娥一語不發。文森好奇地看著她。

「這件事，對你沒有什麼影響吧？」他問，「那……呃，坦白講，你的丈夫是騙子這件事？」

她搖了搖頭。

「這讓我很傷心，」文森說，接著又心平氣和地補充道：「請你等一會兒，我去取文件。」

希娥坐在一把椅子上。他走進另外一個房間，不久就回來把一個小包裹交到她手裡。

「謝謝你，」希娥說，「你有火柴嗎？」

她接過他遞給她的火柴盒，在壁爐旁邊跪下來。當那些文件燒成一堆灰燼時，她立起身來。

「謝謝你。」她又說道。

「別客氣，」他一本正經地答道，「我幫你叫輛計程車。」

他送她上了計程車，看著她遠去。一次奇特、正式的小型會見。自從第一眼後，他們甚至一直不敢正眼瞧對方。好啦，就這樣了，結束了。他也要離開了，離開這個國度，努力忘掉這一切。

希娥倚著車窗，把頭伸出窗外，向司機交代了幾句。她不能馬上回到切爾西的家，她必須有個單獨的空間喘口氣。再次見到文森，使她備受震動。要是，要是……然而她克制住自己不再去想。儘管她絲毫不愛丈夫，可是她不能不對他忠誠。他委靡不振的時候她得陪在他身邊。不管他可能做過什麼，他無疑是愛她的；他犯下的過錯是針對社會，不是針對她。

計程車在漢普斯德寬闊的大街上前行，駛出城外，駛入灌木叢生的荒野，一股涼爽、宜人的氣息拂過希娥的面頰。不過此時她又一次克制住了自己。計程車掉轉方向，朝切爾西疾馳而去。

理查走出房間，來到門廳裡迎候她。

「噢，」他用詢問的口吻說，「你去了很久。」

「是嗎？」

「是的，很長時間。事情……辦妥了嗎？」

他跟在她身後，眼睛裡透出狡黠的神色。他的雙手顫抖著。

「事情……事情辦妥了，呃？」他又問。

「我親手燒了它們。」

「噢！」

她繼續往裡走，進入書房，一下子癱倒在寬大的扶手椅上。她臉色慘白，身心交瘁。她暗想：「但願我現在能夠睡著，永遠，永遠不再醒來！」

理查注視著她。他的目光靦腆、詭祕，始終轉來轉去。她絲毫沒有察覺，她根本無心察覺。

「事情解決得十分圓滿，是嗎？」

「我已經告訴過你了。」

「你確定你燒的就是那些文件嗎？你檢查了沒有？」

「沒有。」

「那麼……」

「我可以肯定，我告訴你。別煩我了，理查，今晚我已經受夠了。」

理查忐忑不安地挪動了一下身子。

「不說了，不說了。我明白了。」

他在房間裡坐立不安。不一會，他湊到她身邊，把手放在她肩上。她甩掉它。

「別碰我，」她勉強笑了笑。「對不起，理查，我感到心煩意亂。我覺得你現在碰我我會受不了。」

「我知道。我理解。」

他又來回走動起來。

「希娥，」他突然冒出一句：「我非常抱歉。」

「什麼？」她驚訝地抬起眼來，神情茫然。

「我不該讓你在夜裡這個時間去那裡。我絕對沒有料到你會這麼……不愉快。」

「不愉快？」她笑了，似乎覺得這個詞語很好笑。「你不知道！噢，理查，你不知道！」

「我不知道什麼？」

她直視著前方，認認真真地說：「今天晚上你付出的代價有多大。」

「上帝！希娥！我絲毫不想讓你……你……你為我……做那種事？那個豬玀！希娥，希娥……我不知道你會那樣。我連想都不敢想，我的上帝！」

他跪在她身邊，用手臂摟著她，結結巴巴地說個不停。她轉過頭來，用略顯詫異的眼光瞪著他，似乎他的話語最終才真正引起她的注意。

「我……我絲毫不想……」

「你絲毫不想幹什麼，理查？」

她的聲音使他驚懼。

「告訴我，你絲毫不想幹什麼？」

「希娥，我們不要再談這事了。我不想知道，我永遠不要回想起它。」

她逼視著他。此時她完全清醒了，身上的每個器官都是警醒的。她的話語響亮而清晰。

「你絲毫不想……你以為發生什麼事了？」

「什麼事也沒發生，希娥。我們權且假裝什麼事也沒發生。」

她仍然瞪著他，最後才如實陳述她的想法。

「你以為……」

「我不想……」

她打斷他。

「你以為文森．伊斯頓因為那些文件要我付出代價？你以為我……付了？」

理查的神情半信半疑，他無力地說：「我……我絕對沒想過他是那樣的人。」

「你沒想過？」她用銳利的目光盯著他，他低下頭避開了。「你為什麼今天晚上讓我穿上這身衣服？你為什麼夜裡這個時候讓我單獨去那裡？你猜他喜歡我。你想保全自己的面子，不惜任何代價保全面子，甚至不惜毀掉我的名聲。」

她站起身來。

「我現在明白了。你從一開始就打算那麼做，或者至少你認為那樣做是可能的，於是你就依計而行了。」

「希娥……」

「你否認不了的。理查，我以為幾年前我就完全了解你。幾乎從一開始我就知道你待人接物很不坦誠，可是我以為你對我是以誠相待的。」

「希娥……」

「你能否認我剛才所講的一切嗎？」

他不由得沉默下來。

「聽著，理查，有件事我必須告訴你。三天前這次打擊降臨到你頭上時，傭人們告訴你我走了，去鄉下了。那只不過是一半的事實。我是和文森．伊斯頓一起出走的……」

理查含糊不清地說了句什麼。她伸出一隻手止住他。

「等等。我們本來已經到了多佛。我看到一份報紙，知道發生了什麼事。於是，就像你所知道的，我回來了。」

她停了停。

理查抓住她的手腕，睜大眼睛瞧著她。

「你回來了，及時地回來了？」

希娥短促又痛心地一笑。

「是的，我回來了，如你所言，『及時地回來了』，理查。」

她的丈夫放開了抓住她的手。他站在壁爐架一旁，頭向後仰過去，顯得英俊又高貴。

「那樣的話，」他說，「我會原諒你的。」
「我不會。」
這幾個字眼說得乾脆，在靜謐的房間裡宛如一顆炸彈在理查面前爆炸了。理查驚愕地向前跨上一步，呆視著希娥，下巴下垂著，看上去很是滑稽。
「你……呃……你說什麼，希娥？」
「我說我不會原諒你！離開你去投奔另一個男人，我違犯了天條……也許，尚未形成事實，但是有此意圖，兩者是同一回事。可是如果說我違犯了天條，我是為了愛而違犯的。我們結婚以來，你對我也並非忠貞不渝。噢，是的，我知道，我以前原諒了你，是因為我確實相信你是愛我的。然而你今晚的所作所為不一樣了。這是卑劣的行為，理查，任何一個女人都不會原諒這件事。為了獲取安全，你出賣了我，出賣了你自己的妻子！」
她抓起自己的圍巾，向門口走去。
「希娥，」他結結巴巴地說，「你去哪裡？」
她回頭看了他一眼。
「在這段婚姻生活中，我們雙方都已付出代價，理查。我犯了罪孽，我必須忍受孤獨的煎熬。你犯了罪孽……哦，你拿你所愛的人去賭博，你賭輸了！」
「你要走嗎？」
她長長地吸了一口氣。

「我要奔向自由，這裡沒有什麼可以令我留戀的了。」

他聽見門關上了。

幾年過去了，或者只是幾分鐘？

窗外，什麼東西啪嗒啪嗒地飄落下來……是最後的幾片木蘭花瓣，輕柔又芳香。

專文推薦

藏在日常細節中的冒險

楊照（作家）

一開始，就都在那裡了。

一九二〇年，阿嘉莎．克莉絲蒂出版了《史岱爾莊謀殺案》，神探白羅就已經退休了。而且在這個案子裡，藉由敘述者海斯汀的轉述，就鋪陳出克莉絲蒂小說最基本的偵探原則：

「那些看來或許無關緊要的小細節……它們才是重要的關鍵，它們才是偉大的線索！」

「豐富的想像力就像洪水一樣，既能載舟亦能覆舟，而且，最簡單直接的解釋，往往就是最可能的答案。」

「沒有任何謀殺行為是沒有動機的。」

還有，一個不討人喜歡的死者，一群各有理由不喜歡死者、因而也就都有殺人動機的人，這些人彼此之間構成複雜的關係，有的互相仇視，有的互相愛戀，麻煩的是，有些愛人其實貌合神離，有些仇人其實私下愛慕；更麻煩的是，不論是愛或是仇，都有可能是扮演出來的。

一個外來的偵探必須周旋在這些嫌疑者之間，從他們口中獲取對於案情的了解，換句話說，他必須在很短的時間內，搞清楚誰是誰、誰跟誰吵架、誰跟誰偷情，然後判斷誰說的哪一句是實話、哪一句是謊言。常常謊言比實話對於破案更有幫助。

再偷偷透露一下，如果要和小說裡的凶手及小說背後的作者鬥智，就像克莉絲蒂對英國社會的了解，祕訣就在於要去追究小說裡的人物背景，尤其是他們的階級地位。基本上，階級地位愈高、權力愈大、愈有錢者，說的話就愈不要相信。例如在《史岱爾莊謀殺案》中，僕人、園丁說的話遠比有頭有臉的人說的要可信多了。就算要說謊，他們的謊言也比較天真，而且往往出於善良動機。當你歸納線索時，就會知道他們並非故意說謊，那是因為他們的認知受到蒙蔽或誤導，而你慢慢就從這蒙蔽或誤導中被引導到真相。

《史岱爾莊謀殺案》出版那年，克莉絲蒂三十歲，但書稿其實早在五年前就寫好了，畢竟要找到有人願意出版一個看來再平凡不過的家庭主婦寫的小說，並不是那麼容易。

所有和克莉絲蒂接觸過的人，都對於她的「正常」留下深刻印象。她看起來就和她那個年紀的典型英國家庭主婦一樣，害羞、靦腆，只能在社交場合勉強跟人聊些瑣事話題，完全無法演講，甚至連只是站起來對眾賓客說幾句客套話，請大家一起舉杯，她都做不到。她不演講，也很少答應接受採訪，就算採訪到她也很難從她口中得到有趣的內容。她會講的，幾乎都是記者本來就知道、或者自己就可以想得出來的。

例如說白羅這個神探的來歷。克莉絲蒂回答：他應該是個外國人，這樣就能在英國日常生活中看出英國人自己看不出的線索。她自己碰過的外國人，只有第一次大戰剛爆發時到英國避難的比利時人。比利時警察怎麼能跑到英國來？那一定是因為他已經退休了。他有潔癖，所以對於現場會有特殊的直覺，馬上感受到不對勁的地方。一個有潔癖的人，好像應該長得矮小些才相稱，一個矮小有潔癖的人最適當的名字，就是希臘神話裡的大力士「赫丘勒斯（Hercules）」，製造出荒唐的對比趣味。那白羅這個姓是怎麼來的呢？克莉絲蒂很誠實地說：「我不記得了。」

一切都如此順理成章，一切都如此合邏輯，不是嗎？有記者問她怎麼看自己的舞台劇〈捕鼠器〉，創下了英國劇場、甚至全世界劇場連演最多場紀錄的名劇？克莉絲蒂的回答也還是中規中矩，合理合節：那是一齣小戲，在一個小劇院演出，成本很低，任何人想到了都可以帶家人或朋友去看，老少咸宜，並不恐怖，也不特別荒謬打鬧，可是又什麼都有一點，包括恐怖和荒謬打鬧的成分。

她的身上找不出一點傳奇、怪誕色彩，那她為什麼能在五十年間持續寫偵探小說，創造了那麼多謀殺，還創造了那麼多詭計？

首先因為她是女性，以及她的身世，包括她的階級身分，使得她在描寫故事場景時比一般男性作者來得敏感。因為在她之前的偵探推理小說男性作家的階級身分都是高高在上，基本上他們會從較高的角度看社會，比較看不到底層的感受。

而她的婚變以及婚變中遭逢的痛苦，都使她更能體會與觀察，將英國社會的複雜細節融入小說的核心情節，讓探案與線索分析結合在一起。

克莉絲蒂一生結過兩次婚，第一次在一九一四年，婚後不久，丈夫就參加了歐戰，是英國皇家空軍最早一批飛行員。一九二六年，這個丈夫有了外遇，直率地向克莉絲蒂要求離婚，在那之前，克莉絲蒂的媽媽才剛過世，雙重打擊之下，又遇到車子無法發動，克莉絲蒂崩潰了，她棄車而走，忘記了自己究竟是誰，躲進一家鄉間旅館，登記時寫了她心裡唯一有印象的名字——她丈夫情婦的名字。

離婚後，一次在晚宴中，有人提起近東烏爾考古的最新收穫，克莉絲蒂就取消了原定要去西印度群島的計畫，改訂了跨越歐洲到君士坦丁堡的「東方快車」，是的，就是這趟旅程給了她寫《東方快車謀殺案》的靈感。不過更重要的是，在烏爾，她認識了一位年輕的考古學家，比她小十四歲，這個人後來成了她的第二任丈夫。

這位考古學家陪她去參觀在沙漠中的烏克海迪爾城，卻在沙漠中迷路困陷了。幾小時中克莉絲蒂卻沒有一點驚慌不安，當下考古學家就決定要向她求婚。

原來，克莉絲蒂的內心是有這種冒險成分的。要不然她不會兩次選到的，都是喜愛冒險的丈夫，而她本身大概也不會吸引一個在各種危險情境下挖掘古代寶藏的人，讓他願意向一個大他十四歲的女人求婚。

這樣說吧，維多利亞時代後期的英國環境，壓抑限制了克莉絲蒂冒險、追求傳奇的內在衝動，她只好將這樣的衝動寄託在丈夫和寫作上。她一邊陪著第二任丈夫在近東漫走，一邊在小說中寫各式各樣的謀殺與探案。謀殺和探案都是冒險，還有，偵探偵查中做的事——蒐集線索，還原命案過程——其實和考古學家的考掘，如此相似！

克莉絲蒂寫得最好的，正是「藏在日常中的冒險」。她個性中的雙面成分，造就了特殊的偵探魅力。既嚮往非常傳奇，卻又有根深柢固的日常邏輯信念，兩者都在克莉絲蒂的小說中扮演了重要角色。她的謀殺案幾乎都和日常習慣緊密編織在一起，日常環境成了凶手最重要的掩護。有些日常規律明顯地被破壞了，讓我們很自然以為那會是謀殺的線索，沿著這些線索形成了閱讀中的推理猜測，然而白羅早就提醒了，真正重要的反而是那些「細節」，也就是看來像是依隨日常邏輯進行的事，或說藏在日常邏輯中因而不被看重的事，那裡要嘛藏著凶手的核心詭計、煙幕，要嘛藏著凶手致命的破綻。

凶案的構想，就是如何讓異常蓋上日常、正常的面貌，又如何故意將日常、正常予以扭曲，製造假象；那麼偵探要做的，就是如何準確地在日常中分辨出真正的異常，將假的、明顯的異常撥開來，找出細節堆疊起來的異常真相。

此外，克莉絲蒂的小說裡隱藏著極其曖昧的情感價值觀，最典型、最有名的就是《東方快車謀殺案》。透過追查過程，讓讀者知道為什麼凶手要訴諸於這種手段，其動機具有可同情之處，再加上克莉絲蒂對身分階級的觀察，她比較相信或讓讀者相信那些沒有權力、地位的人，隨著偵查節奏去認識可能或必須懷疑的人。克莉絲蒂最擅長營造「多重嫌疑犯」的小說特質，因為讀者在閱讀時必須被迫去認識很多不一樣的人。在她最受歡迎的作品，大概都具備這樣的特質。

當然，她的作品中還有兩個最突出的神探，即白羅和瑪波。白羅是比利時人，但為什麼必須是外國人？這是因為英國人具有高度階級意識，這種觀念一路滲透到所有互動細節，包括人與人之間如何說話。而白羅因為不是英國人，他會發現一般英國人不太看得出來的東西，以及兩個人互動的方法哪裡不正常。至於瑪波為什麼得是老太太？她一如那個年代的老人家，總是靜靜坐著打毛線，因為不起眼，自然讓人放鬆防備，所以瑪波探案的線索都是來自於這樣的互動模式。

然而，白羅有很明顯的優勢，瑪波的身分使她基本上只能進行「靜態」的辦案，案子的空間受到侷限，白羅卻可以跨越各種空間，恣意揮灑。而且白羅擁有警官身分，可以合理出現在各種犯罪現場，瑪波能出現的地方，相形之下就勉強、不自然多了。白羅是明白的outsider，在英國，只要他出現，就會覺得有外人在而感到緊張，於是很容易露出平常不會表現的行為；瑪波則看起來是insider，但實質上是outsider，因為總是沒人發現她、當她空氣人。這兩人的探案，是兩個極端。雖然讀者最愛白羅，但克莉絲蒂自己偏愛瑪波勝於白羅。

不管後來的偵探、推理小說發展了多少巧妙詭計，克莉絲蒂卻不會過時，因為她的推理如此密切地和日常纏繞在一起；活在日常中，我們就無可避免被克莉絲蒂的「日常細節推理」吸引，隨時讀來都充滿驚奇趣味。

名家盛讚克莉絲蒂（依推薦時間排序）

金庸（作家）

克莉絲蒂的寫作功力一流，內容寫實，邏輯性順暢，也很會運用語言的趣味。閱讀她的小說，在謎底沒有揭露之前，我會與作者鬥智，這種過程非常令人享受。其作品的高明之處在於：布局的巧妙完全意想不到，而謎底揭穿時又十分合理，讓人不得不信服。

詹宏志（作家、PChome 網路家庭董事長）

推理小說在從先輩柯南．道爾等人的發明中出現力量時，誕生了一位《天方夜譚》故事中每天說故事說個不停的王妃薛斐拉．柴德，也就是「謀殺天后」克莉絲蒂，整個世界對聽這些故事才有如此的熱情。他們捨不得睡覺，每天問後來還有嗎、還有嗎，永遠不肯離去，這就是克莉絲蒂對推理小說的最大貢獻。

可樂王（藝術家）

所謂「克莉絲蒂式」的推理小說，就是一場和一個天才的寫作者或高明的恐怖份子在紙上捕掠捉殺的戰事。即便是一列火車、一處飯店或一間酒吧，在克莉絲蒂寫來皆充滿神祕和猜謎。在人生適合的下午裡，我總是一面嚼著口香糖，一面跟著矮子偵探白羅穿梭謀殺現場，克莉絲蒂的推理作品無疑是推理世界中最充滿「魔術性」的小說。

吳若權（作家、節目主持人）

我從小就對推理小說情有獨鍾，克莉絲蒂一系列的作品尤其令我愛不釋手。多年來，閱讀推理小說的經驗讓我覺悟：讀者在文字情節中推展開來的驚嘆，不只是因緣於故事的本身，而是自我性格的投射。從這個觀點來看克莉絲蒂一系列的作品，她簡直就是洞徹人性的算命師。而讀者，在她的文字中，發現了自己無可奉告的命運。

藍祖蔚（國家電影及視聽文化中心董事長）

做過藥劑師，難免懂得毒藥；嫁給考古學家，難免也就嫻熟文明的神祕；再加上曾經失蹤九天，一切不復記憶的離奇經驗，的確提供了寫作靈感，但若少了想像力，那些片羽靈光縱使辛辣如辣椒，卻不足以成菜。

推理小說重布局、重人物描寫，克莉絲蒂最厲害的卻是犀利的人性觀察，她一手創造的白羅探長，潔癖個性完全和她相反，更將她所憎厭的人格特質集於一身，殊不知，唯有不對著鏡子寫作，才能夠跳出框架與制式反應，開闢無限寬廣的新世界，建構多面向的詭異迷宮。

看完她的小說，你只會更加訝異，到底是什麼樣的心靈才能成就這般視野？

李家同（作家、前暨南大學校長）

克莉絲蒂的整體布局十分細膩，最後案情也都講解得非常詳細，回頭去看，在書中都找得到線索。故事的情節與內容也很好看，不是像一個流氓在街上被殺掉那麼單調。……看小說應該要花腦筋、要思考，從小就要養成思辨的能力，看她的小說，就是對邏輯思考能力極佳的訓練。

袁瓊瓊（作家）

雖然被公認是冷靜理性的謀殺天后，但是在理性之下，克莉絲蒂的底色依舊是感情。克莉絲蒂很明白，所有的慾望之後，都無非是某種愛情。在以性命相搏的犯罪世界裡，凶手以終結他人的性命來遂私欲，不過是為了成全自己的愛，或者是成全自己的恨。

鄧惠文（精神科醫師）

以推理小說作家而言，克莉絲蒂的風格相當獨樹一格。她的偵探在辦案時，靠的不光是科學證據的搜集，而是大量運用犯罪心理學，及對人性的深刻了解。例如在《五隻小豬之歌》中，白羅便是藉由聽取嫌疑犯訴說案情時所不自覺顯露的主觀意識及中心思想，而看出其中破綻，找出真凶。白羅是靠腦袋辦案，以心理層面去剖析案情，即使人們敘述的是同一件事，他可以聽出不同角色因出發點及看待角度不同所透露的情緒觀感，從而抽絲剝繭，還原事實真相。

克莉絲蒂所塑造的人物也生動且各具特色，不同個性所出現的情緒反應描寫，皆細膩而準確，讓讀者產生豐富的想像空間，一展卷便欲罷而不能。

吳曉樂（作家）

克莉絲蒂使用的語言平易近人，主要是以角色與情節的對應來斧鑿出故事的深度，堆疊出讓讀者回味的迂迴空間。而她筆下的角色往往性別、階級、性格、族群各異，塑造出多元又豐富的人物群像。

文學作品不問類型，若要流傳於世，最終仍得上溯至「人性」的理解與反思。而阿嘉莎・克莉絲蒂的作品中，我們可以看到人類屢屢得和自己的人生討價還價，或千方百計讓主觀意識與客觀條件達成某種程度的整合，讀者在重建人物的心理軌跡時，也見識到自身的是非成敗，我認為，這也是克莉絲蒂的作品能夠璀璨經年、暢銷不衰的主因。

許皓宜（心理學作家）

克莉絲蒂筆下的故事看似在談人性的醜惡，實則像一位披著小說家靈魂的心靈引導者，用她的文字訴說著人們得不到「愛」時的痛苦。於是在故事終了的剎那，你不得不對人生多了幾分「看透感」：原來，我們心裡的那些痛苦、報復與自我折磨的慾望，不是因為「憤恨」，而是起於對「愛的失落」。這或許是我們在情感世界中最珍貴且深刻的一種覺察了。

推理小說荒謬驚悚嗎？不，它其實很寫實。它幫我們說出心裡的苦、怨、醜陋的慾望，於是，我們可以重新學習愛了。

一頁華爾滋 Kristin（影評人）

從有記憶以來，閱讀克莉絲蒂最迷人之處往往不在真正的凶手是誰，而是在於「Why」（為什麼）與「How」（如何進行），在於人性與心理描摹的故事肌理。依循其書寫脈絡，會發覺不只是邏輯清晰、布局縝密、著重細節，她總能完美掌握敘事節奏，書中人物彷彿真實存在般鮮明躍然紙上，讀者情緒會隨精準文字保持流轉、跳動、收放，掩卷時並無太多真相水落石出的暢快，反倒淡淡的惆悵化為餘韻襲上心頭，原來還是種種意料之外，卻屬情理之中的人性盲目使然。私以為，那成就了克莉絲蒂的推理故事之所以無比迷人的主因之一。

冬陽（推理評論人）

雖然阿嘉莎．克莉絲蒂的作品並非我的推理閱讀啟蒙，卻是養成閱讀不輟的重要推手。首先，她無庸置疑是個說故事能手，打開我名為好奇的開關；其次是設計犯罪事件的巧妙多元，既日常又異常，凶手更是叫人意想不到。沒錯，我相信每個當讀者的都忍不住想破案，想早偵探一步識破詭計，或者像考試結束鈴響前一秒，瞎猜都要指著某個角色大喊「你就是犯人」！然後會忍不住作弊——不是翻到最後幾頁窺探真凶身分，而是往前翻查讓人起疑的段落、偵探顯然掌握重要線索的時刻，直到忍不住豎白旗投降，看神探（我知道啦，真正把我耍得團團轉的聰明人是作者）頭頭是道地分析我遺漏錯置的片片拼圖，終於看清真相全貌。這，就是偵探推理，我因此熟悉遊戲規則、沉醉在每一場迷人故事裡，成為這個類型書寫的俘虜，享受至今不疲的美好滋味。

石芳瑜（作家、永樂座書店店主）

布局細膩、處處留下線索，破案解說詳細，說明了這位安靜、害羞的推理小說女王心思縝密，且充滿想像力。密室殺人，完美犯罪，《東方快車謀殺案》不愧為古典推理小說的經典。再加上神祕的東方色彩，隨著火車抵達的迫切時間感，連非推理小說迷都會神經拉緊，讀完大呼過癮。

家庭主婦缺少人生經驗？處女座的阿嘉莎．克莉絲蒂充分展現她過人的寫作天分，靠得是從小開始的閱讀，以及對偵探小說的著迷。三十歲寫下第一本偵探小說《史岱爾莊謀殺案》的克莉絲蒂，在那個時代並不能說是「早慧」，但寫作生涯五十五年中，共創作了八十部偵探小說，卻令人難以企及。這位害羞靦腆的小說女神，大概是相信只要有足夠的理由，每個人都有殺人的可能！

余小芳（暨南大學推理研究社指導老師、台灣推理作家協會常務理事）

學生時代加入推理社團，社課指定讀物便是經典作品《一個都不留》，成為我對克莉絲蒂的初步印象，自此沉浸於推理小說的世界。隔年寒假陪同學參與轉學考，在斜風細雨的走廊中，滿足讀完《東方快車謀殺案》。隨著歲月遠走，已昇華成趣味回憶。

踏入推理文學領域需要認識的作家，阿嘉莎．克莉絲蒂絕對名列其中，她的作品常有英國小鎮風光、莊園式的謀殺、設備豪華的交通工具等，還有特色鮮明的偵探活躍其中。書中少有血腥、暴力的橋段，布局巧妙且結構嚴密，手法純粹、知性，故事內容與人物性格融為一體，以高超的想像力結合說好故事的能耐，為推理小說開創新局面。克莉絲蒂推理全集重編改版，值得新舊讀者一起探索。

林怡辰（國小教師、教育部閱讀推手）

多年後，還是難忘第一次閱讀阿嘉莎．克莉絲蒂作品的感動和激動。這套將近一世紀的作品，文筆流暢，邏輯縝密，過程中不斷與作者較量、猜出凶手，直到最後解答不禁佩服，蛛絲馬跡處處展現作者的精妙手法，於是又拿起另一部作品，再次沉溺在謀殺天后所編織的日常世界中的奇幻，無可自拔。犯罪動機和手法穿越時空限制，如今讀來合理且依舊令人感動，閱讀中趣味橫生，難怪成為後來諸多偵探小說的原型。

克莉絲蒂創作生涯中產出的八十部推理作品，至今多部躍上大銀幕，無怪乎被稱之為「經典」，喜愛推理偵探作品的人不可不讀，你會驚異於她在文字中施展的魔法！

張東君（推理評論家、科普作家）

我愛克莉絲蒂！這位在台灣有時會被稱為克奶奶的超級暢銷推理小說家，即使是自認沒讀過她的書的人，也都會在各種書籍或影視作品中看到對她致敬的片段。由於她喜歡旅行和冒險，那些經驗與體驗都成為書中的場景，因此閱讀她的作品時，不只是雀躍地跟著偵探推理，也有了虛擬的旅行體驗。或者當成旅遊導覽書，在出發去尼羅河、去英國鄉間、去搭船搭火車時，就塞一本克奶奶的作品到隨身背包中。

我還是大學新生時，就聽學姐說她哥哥經常看克奶奶的小說，而且邊看邊狂笑。於是我跟著效仿，在某次搭飛機之前買了第一本小說當旅伴，不只看得超開心，看完後還到處找尋書中出現的那種有兜帽的斗篷，當成出門時的必備用品。克奶奶的作品是跨越文字、國界的。只要看過一本，就會不停地追下去。還好，真的是還好只有八十本。何況這次是全新校訂的紀念珍藏版，當然不能錯過！

發光小魚（呂湘瑜）（文史作家、助理教授）

一部好的偵探小說，除了情節設計巧妙之外，還需要洞悉人性，如此方能合理地交代人物的言行舉止與動機。阿嘉莎．克莉絲蒂便是其中翹楚，她的作品不管是偵探、愛情小說或戲劇，必要元素都是謎題與人性。在寧靜無波的場景下暗潮洶湧，永遠都有意料之外，讀者的情緒也會隨著劇情的進行起伏糾結。克莉絲蒂觀察到時代的變化，將犯罪心理融入作品中，於是，看她的小說不只能得到解謎的快樂，同時對人性也能夠有所省思。

此外，克莉絲蒂豐富的人生歷練及旅行經歷，例如一九二二年的環球之旅、居住過也旅行過的巴黎和埃及，甚至是追隨考古學家丈夫前往的中東，都讓她的小說讀來更加充滿異國情調。如果你也愛旅行，不如就讓我們一同搭上那一班南法的藍色列車，或由伊斯坦堡出發的東方快車，跟著白羅鑽進一樁奇案，一嘗旅程中破解謎題的快感吧。

盧郁佳（作家）

國小時，家裡買了一套阿嘉莎．克莉絲蒂全集，從此成了我的毒品，在白癡課本將我的腦袋啃嚙成海綿般空洞時，撫慰受創的心靈，那時我仍對人心險惡一無所知。

數學課教你列算式，樂趣遠不如克莉絲蒂教你住宅平面圖、偷換時序的密室魔術，你從庭園長窗進房間，我從房門直通鄰房，他從走廊進房……從而學會故事是建構邏輯。她文風多變，時而《四大天王》中讓神探白羅向助手海斯汀大賣關子，眉頭緊皺，山雨欲來，預示天翻地覆，只能靠他拯救世界；時而用維吉尼亞．吳爾芙《自己的房間》中俏皮的語言，讓貧苦村姑安妮在《褐衣男子》中回憶南非出生入死的冒險，竟源於她耽讀村裡圖書館爛舊的冒險愛情小說，還有戲院每週末放映〈帕米拉歷險記〉，帕米拉每集從飛機跳落高空、搭潛艇、爬上摩天大樓，每次被黑幫老大抓到總不一刀斃命，卻老要用瓦斯毒死她，暗示續集又會逃出生天。

長大才發現，克莉絲蒂小說就是我的〈帕米拉歷險記〉：它以歌劇般輝煌龐大的天真陰謀、精細的人際觀察（一句話重音放在哪個字、從膝蓋鑑定女人的年齡等），召喚年輕讀者抱持浪漫精神投入未知的壯遊，瘋魔、衝撞、冒犯，傷痕累累毫無懼色。正如瓦斯在冒險片中太多、現實中卻太少；陰謀在現實中沒有克莉絲蒂寫得那麼複雜，但她刻畫的心理卻是現實中解謎的試金石。

賴以威（臺灣師範大學電機系副教授）

或許可以為經典下幾個定義：該領域的愛好者更都讀過；不是這個領域的愛好者，許多人也都聽過；影響後續的作品，在很多著作中都可以看到它的影子；值得反覆再三閱讀，每隔一陣子再讀都可以獲得閱讀的樂趣，有更多的體悟。我永遠記得第一次讀《東方快車謀殺案》時，被那宛如嚴謹設計數學謎題的鋪陳、推進給深深吸引、震撼。從這幾個角度來說，克莉絲蒂的推理小說被稱之為「經典」，可說是當之無愧。

謝哲青（作家、旅行家、知名節目主持人）

克莉絲蒂小說的魅力在於透過每個角色的對白，藉由不斷的說話來表現人物的個性，以彰顯其人格特質中一些無法被忽略的事實。我們從他們的言語、講話的過程和字裡行間，竟然就能知道誰是凶手。

我從克莉絲蒂的小說學到很多，除了推理小說有趣的事實之外，最重要的是，我在工作的職場跟人應對的時候，如何從語言和對話裡去捕捉某些隱而不顯的事實。許多人們欲蓋彌彰的東西，無論心事也好、祕密也好，克莉絲蒂都會用文學的手法，讓你理解語言的奧妙和魅力。

克莉絲蒂的書寫會讓你覺得彷彿自己也在現場，你可以從聽到的對話當中，學會如何理解人心的一些小技巧，這是小說家最出色、最偉大的地方。我們必須學習傾聽別人說話——這些人講話是真誠的嗎？他想要跟你分享什麼資訊？這些資訊可靠嗎？——這是我在閱讀推理小說時，最大的收穫和理解。

阿嘉莎・克莉絲蒂大事記

1890		• 九月十五日出生於英格蘭德文郡托基鎮。
1894	4 歲	• 開始在家自學，父母親、姐姐教導閱讀、寫作、算術和彈鋼琴。
1895	5 歲	• 家中經濟走下坡，舉家搬至法國，學會流利的法語。
1905	15 歲	• 在巴黎寄宿學校學鋼琴和聲樂，但生性極度害羞，未成為職業鋼琴家，最終回到英國。
1907	17 歲	• 陪同母親前往埃及調養身體，對社交活動充滿興趣，但尚未對日後感興趣的埃及古物點燃熱情。 • 回英國後繼續寫作、參與業餘戲劇表演。
1908	18 歲	• 寫出第一篇短篇小說〈麗人之屋〉，同時也寫出第一部愛情小說《白雪黃漠》，以筆名向出版社投稿，但屢遭退稿。
1912	22 歲	• 與英國皇家軍官亞契・克莉絲蒂（Archibald Christie）熱戀。 • 八月爆發第一次世界大戰，亞契奉派到法國作戰。
1914	24 歲	• 耶誕夜結婚，亞契隨即返回戰場。克莉絲蒂參與紅十字會工作，在醫院擔任護士和藥劑師，因此對藥理和毒物非常熟悉，造就後來多部推理小說情節都以毒藥殺人。
1916	26 歲	• 開始嘗試寫推理小說，寫出第一部小說《史岱爾莊謀殺案》，主角偵探赫丘勒・白羅的靈感，來自於大戰期間英國鄉間的比利時難民營。本書歷經數家出版社退稿後，終獲柏德雷・海德（The Bodley Head）圖書公司的出版機會，之後並簽下另五本小說的合約。
1919	29 歲	• 前一年亞契返回英國，八月生下女兒露莎琳。

1920	30 歲	• 出版《史岱爾莊謀殺案》。
1922	32 歲	• 出版第二部小說《隱身魔鬼》，主角是夫妻檔偵探湯米和陶品絲。 • 與亞契至南非、澳洲、紐西蘭、夏威夷和加拿大等國旅行十個月，在南非得到《褐衣男子》的靈感。
1923	33 歲	• 三月出版第三部小說《高爾夫球場命案》，白羅再度登場。
1926	36 歲	• 四月母親過世，克莉絲蒂陷入憂鬱。 • 六月在「威廉・柯林斯父子出版社」出版《羅傑艾克洛命案》。 • 八月亞契因外遇提出離婚，十二月初一次爭吵後，克莉絲蒂離家棄車失蹤，消息登上全國新聞。
1927	37 歲	• 一月在悲痛心情中寫出《藍色列車之謎》，第一次創造出聖瑪莉米德村，即後來瑪波小姐居住的村子。 • 分居期間在雜誌刊登以白羅為主角的短篇小說，後來集結出版《四大天王》。 • 十二月在雜誌刊登短篇小說〈週二夜間俱樂部〉，瑪波小姐初登場，後來收錄在一九三二年出版的短篇小說集《十三個難題》。
1928	38 歲	• 十月正式離婚，仍保留「克莉絲蒂」姓氏。 • 秋天搭乘「東方快車」前往土耳其的伊斯坦堡，再轉往伊拉克首都巴格達，參觀考古現場烏爾，認識考古學家伍利夫婦（Leonard and Katharine Woolley）。
1930	40 歲	• 二月應伍利夫婦之邀再訪烏爾，認識考古學家麥克斯・馬龍（Max Mallowan），九月於英國愛丁堡結婚。這段婚姻開啟克莉絲蒂旺盛的創作生涯，兩人到中東考古現場的旅行為許多作品帶來靈感。

- 婚後克莉絲蒂開始維持固定的寫作行程。十月出版《牧師公館謀殺案》，是第一部以瑪波小姐為主角的小說。
- 出版第一部以「瑪麗．魏斯麥珂特」（Mary Westmacott）為筆名的《撒旦的情歌》，並陸續發表了五部非犯罪小說。

1932　42 歲
- 出版《危機四伏》。

1934　44 歲
- 出版《東方快車謀殺案》，是白羅海外辦案三部曲之一，故事靈感來自中東的旅行經歷。一九七四年第一次改編成電影大獲好評。

1936　46 歲
- 出版《美索不達米亞驚魂》，白羅海外辦案三部曲之二。

1937　47 歲
- 出版《尼羅河謀殺案》，白羅海外辦案三部曲之三，故事背景是年輕時與母親同遊的埃及。一九七八年第一次改編成電影大受歡迎。

1939　49 歲
- 二次大戰期間，克莉絲蒂在大學學院醫院擔任義務藥師，學習到最新的毒藥知識，對於推理小說寫作大有助益。
- 出版《一個都不留》，是克莉絲蒂最著名作品之一。

1941　51 歲
- 出版《密碼》，呈現出克莉絲蒂對戰爭的看法。
- 出版《豔陽下的謀殺案》。

1942　52 歲
- 出版《藏書室的陌生人》、《五隻小豬之歌》等名作。

1944　54 歲
- 以「瑪麗．魏斯麥珂特」為筆名出版第三部作品《幸福假面》，被美國書評人發現是克莉絲蒂的作品，讓她從此失去匿名創作的自在樂趣。

1950 60 歲 • 獲選為皇家文學學會的會員。

1953 63 歲 • 出版《葬禮變奏曲》。

1956 66 歲 • 一月獲頒大英帝國爵級大十字勳章（GBE）。
• 十一月以「瑪麗．魏斯麥珂特」為筆名出版《愛的重量》，是這個筆名的最後一部作品。

1958 68 歲 • 成為「偵探作家俱樂部」主席。

1960 70 歲 • 馬龍獲頒大英帝國爵級大十字勳章。

1961 71 歲 • 獲得艾克塞特大學頒發榮譽文學博士學位。

1968 78 歲 • 馬龍獲封為爵士，克莉絲蒂亦被稱為馬龍爵士夫人。

1971 81 歲 • 獲頒大英帝國爵級司令勳章（DBE），獲封為女爵士。

1973 83 歲 • 出版最後一部創作《死亡暗道》，亦為湯米和陶品絲最後一次辦案。

1974 84 歲 • 最後一次公開露面，出席電影《東方快車謀殺案》首映會。

1975 85 歲 • 八月六日，白羅成為有史以來第一次在《紐約時報》頭版刊出訃聞的小說主角，宣傳九月即將出版的《謝幕》，這也是白羅最後一次辦案。

1976 86 歲 • 一月十二日去世。
• 十月出版《死亡不長眠》，瑪波小姐的最後一次辦案。

克莉絲蒂推理原著出版年表

1920 史岱爾莊謀殺案 The Mysterious Affair at Styles（神探白羅系列）
1922 隱身魔鬼 The Secret Adversary（神探湯米＆陶品絲系列）
1923 高爾夫球場命案 The Murder on the Links（神探白羅系列）
1924 白羅出擊 Poirot Investigates（神探白羅系列）
1924 褐衣男子 The Man in the Brown Suit（神探雷斯上校系列）
1925 煙囪的祕密 The Secret of Chimneys（神探巴鬥主任系列）
1926 羅傑艾克洛命案 The Murder of Roger Ackroyd（神探白羅系列）
1927 四大天王 The Big Four（神探白羅系列）
1928 藍色列車之謎 The Mystery of the Blue Train（神探白羅系列）
1929 七鐘面 The Seven Dials Mystery（神探巴鬥主任系列）
1929 鴛鴦神探 Partners in Crime（神探湯米＆陶品絲系列）
1930 牧師公館謀殺案 The Murder at the Vicarage（神探瑪波系列）
1930 謎樣的鬼豔先生 The Mysterious Mr. Quin（神探鬼豔先生系列）
1931 西塔佛祕案 The Sittaford Mystery
1932 十三個難題 The Thirteen Problems（神探瑪波系列）
1932 危機四伏 Peril at End House（神探白羅系列）
1933 十三人的晚宴 Lord Edgware Dies（神探白羅系列）
1933 死亡之犬 The Hound of Death
1934 三幕悲劇 Three Act Tragedy（神探白羅系列）
1934 李斯特岱奇案 The Listerdale Mystery
1934 帕克潘調查簿 Parker Pyne Investigates（神探帕克潘系列）
1934 東方快車謀殺案 Murder on the Orient Express（神探白羅系列）
1934 為什麼不找伊文斯？ Why Didn't They Ask Evans?
1935 謀殺在雲端 Death in the Clouds（神探白羅系列）
1936 ABC 謀殺案 The A.B.C. Murders（神探白羅系列）
1936 底牌 Cards on the Table（神探白羅系列）
1936 美索不達米亞驚魂 Murder in Mesopotamia（神探白羅系列）

1937 巴石立花園街謀殺案 Murder in the Mews（神探白羅系列）
1937 尼羅河謀殺案 Death on the Nile（神探白羅系列）
1937 死無對證 Dumb Witness（神探白羅系列）
1938 白羅的聖誕假期 Hercule Poirot's Christmas（神探白羅系列）
1938 死亡約會 Appointment with Death（神探白羅系列）
1939 一個都不留 And Then There Were None
1939 殺人不難 Easy to Kill（神探巴鬥主任系列）
1940 一，二，縫好鞋釦 One, Two, Buckle My Shoe（神探白羅系列）
1940 絲柏的哀歌 Sad Cypress（神探白羅系列）
1941 密碼 N Or M?（神探湯米＆陶品絲系列）
1941 豔陽下的謀殺案 Evil Under the Sun（神探白羅系列）
1942 五隻小豬之歌 Five Little Pigs（神探白羅系列）
1942 藏書室的陌生人 The Body in the Library（神探瑪波系列）
1942 幕後黑手 The Moving Finger（神探瑪波系列）
1944 本末倒置 Towards Zero（神探巴鬥主任系列）
1944 死亡終有時 Death Comes as the End
1945 魂縈舊恨 Sparkling Cyanide（神探雷斯上校系列）
1946 池邊的幻影 The Hollow（神探白羅系列）
1947 赫丘勒的十二道任務 The Labours of Hercules（神探白羅系列）
1948 順水推舟 Taken at the Flood（神探白羅系列）
1949 畸屋 Crooked House
1950 謀殺啟事 A Murder Is Announced（神探瑪波系列）
1951 巴格達風雲 They Came to Baghdad
1952 殺手魔術 They Do It with Mirrors（神探瑪波系列）
1952 麥金堤太太之死 Mrs. McGinty's Dead（神探白羅系列）
1953 黑麥滿口袋 A Pocket Full of Rye（神探瑪波系列）
1953 葬禮變奏曲 After the Funeral（神探白羅系列）

1954 未知的旅途 Destination Unknown
1955 國際學舍謀殺案 Hickory, Dickory, Dock（神探白羅系列）
1956 弄假成真 Dead Man's Folly（神探白羅系列）
1957 殺人一瞬間 4:50 from Paddington（神探瑪波系列）
1958 無辜者的試煉 Ordeal by Innocence
1959 鴿群裡的貓 Cat Among the Pigeons（神探白羅系列）
1960 哪個聖誕布丁？ The Adventure of the Christmas Pudding（神探白羅系列）
1961 白馬酒館 The Pale Horse
1962 破鏡謀殺案 The Mirror Crack'd from Side to Side（神探瑪波系列）
1963 怪鐘 The Clocks（神探白羅系列）
1964 加勒比海疑雲 A Caribbean Mystery（神探瑪波系列）
1965 柏翠門旅館 At Bertram's Hotel（神探瑪波系列）
1966 第三個單身女郎 Third Girl（神探白羅系列）
1967 無盡的夜 Endless Night
1968 顫刺的預兆 By the Pricking of My Thumbs（神探湯米＆陶品絲系列）
1969 萬聖節派對 Hallowe'en Party（神探白羅系列）
1970 法蘭克福機場怪客 Passenger to Frankfurt
1971 復仇女神 Nemesis（神探瑪波系列）
1972 問大象去吧 Elephants Can Remember（神探白羅系列）
1973 死亡暗道 Postern of Fate（神探湯米＆陶品絲系列）
1974 白羅的初期探案 Poirot's Early Cases（神探白羅系列）
1975 謝幕 Curtain: Hercule Poirot's Last Case（神探白羅系列）
1976 死亡不長眠 Sleeping Murder（神探瑪波系列）
1979 瑪波小姐的完結篇 Miss Marple's Final Cases（神探瑪波系列）
1991 情牽波倫沙 Problem at Pollensa Bay
1997 殘光夜影 While the Light Lasts

國家圖書館出版品預行編目（CIP）資料

情牽波倫沙 / 阿嘉莎．克莉絲蒂（Agatha Christie）著 ; 劉啟升譯. -- 二版.-- 臺北市 : 遠流出版事業股份有限公司, 2024.10
面； 公分. -- (克莉絲蒂繁體中文版20週年紀念珍藏 ; 75)
譯自 : Problem at Pollensa Bay
ISBN 978-626-361-905-0(平裝)

873.57 113012993

克莉絲蒂繁體中文版 20 週年紀念珍藏 75

情牽波倫沙

作者 / 阿嘉莎．克莉絲蒂
譯者 / 劉啟升

主編 / 陳懿文、余式恕　校對 / 呂佳真
封面、內頁設計 / 謝佳穎　排版 / 連紫吟、曹任華
行銷企劃 / 舒意雯　出版一部總編輯暨總監 / 王明雪

發行人 / 王榮文
出版發行 / 遠流出版事業股份有限公司
地址 / 104005臺北市中山北路一段11號13樓
電話 / (02)2571-0297　傳真 / (02)2571-0197　郵撥 / 0189456-1
著作權顧問 / 蕭雄淋律師

2004年3月1日 初版一刷
2024年10月1日 二版一刷
定價 / 新臺幣380元 (缺頁或破損的書，請寄回更換)

ISBN 978-626-361-905-0

遠流博識網 http://www.ylib.com　E-mail: ylib@ylib.com
遠流粉絲團 https://www.facebook.com/ylibfans

www.agathachristie.com